狼耳の魔王に求愛されています

CROSS NOVELS

井上ハルヲ
NOVEL:Haruo Inoue

れの子
ILLUST:Renoko

CROSS NOVELS

CONTENTS

CROSS NOVELS

CONTENTS

狼耳の魔王に求愛されています

プロローグ

宇佐美律《うさみりつ》が通っている小学校と自宅のほぼ中間点にその洋館はあった。

やや急な坂を上り切ったところにぽつんと建っている赤い屋根の洋館は、律が物心がついた頃はまだきれいな外観をしていた。けれど、人が住まない家というのはあっという間に朽ちるらしい。律が小学校に上がり、上の学年になった頃には文字どおり『廃墟』と化していた。

正面玄関の真上に飾られているステンドグラスは年々色あせてくすみ、重厚な門扉もあちこちに錆が浮いている。塀を囲うように植えられた木々も枝が伸び放題に伸び、かつては芝生が植えられていただろう庭も雑草が生い茂っていて、さながら幽霊屋敷といったところだ。

小学校の同級生たちは肝試しだと言ってはその洋館に入り込み、秘密基地と称してそこにたむろしている。むろん律も洋館に興味はあったが、同級生たちの輪に入ろうとは思わなかった。彼らもまた律をあえて自分たちの輪の中に入れようとしない。

特別仲が悪いというわけでもなければいじめを受けているわけでもない。だが、律と彼らの間には常に薄いガラスが一枚存在していた。

その日も授業が終わって学校を後にした律は、いつものごとく一人で帰宅の途についていた。

前方には同級生たち三人がはしゃぎながら歩いている。音楽の授業で使うリコーダーを振り回しながら小突き合う同級生たちを見るともなしに眺めていると、彼らがいきなり「犬だ！」と大声を上げた。

彼らが指さしている方向にはあの洋館があり、門扉の前に黒い塊が見える。目を凝らすと、そこに子犬が一匹うずくまっていた。

「何だ、こいつ、変な色してんな」

黒い耳と黒い尻尾。胴体も真っ黒の子犬は、左耳の根元の毛だけがなぜか白い。いきなり駆け寄ってきた彼らに驚いたのだろう。子犬は慌てて洋館の中へと逃げ込んだ。

「あっ、逃げた！」

「ユウト、そっちだそっち！」

「捕まえろ！」

門扉をこじ開けた同級生たちは、面白いおもちゃを見つけたとばかりに子犬を追い立て始めた。

「待てよ、逃げんなよ！」

草が生い茂った庭で三人が子犬を追い回している。子どもとはいえ、弱っているところを人間に追い立てられる子犬はたまったものではないだろう。正直見ていて気分がいいものでもない。

はしゃぐ同級生にちらりと目を向けた律は、うんざりした面持ちで洋館の門扉を押し開いた。

以前は石畳だった玄関までの道も庭同様に雑草だらけだった。それを踏み分けながら洋館に近づいた律は、玄関の前でしゃがみ込んでいる同級生たちをつと見下ろした。

「何やってんの？」

声をかけた途端、子犬をリコーダーで突っつこうとしていた一人がびくっと体をこわばらせる。振り返るまでもなく声の主が律だとわかったのだろう、残りの二人も慌ててその場から飛び退いた。

「り……律……」

「何やってんの？」

もう一度問いかけると、三人ともばつが悪そうに立ち上がった。

「い……行こうぜ……」

「う……うん……」

放り出していたランドセルを抱えて、三人が逃げるように駆け出していく。それを眺めながら律はふっと小さくため息をついた。

またかと思う反面、もういいかとも思った。

小学校に入ってからというもの、律はいつも一人だった。最初こそ皆と仲良く遊んでいたけれど、ゴールデンウイークが過ぎ夏休み頃になると、同級生たちは律を自分たちの輪から外した。

理由は一つ。宇佐美律は変なことを言う。たったそれだけだ。

別に変なことを言っているつもりなど律にはなかった。ただ、彼らに見えないものが見えてしまうのはどうしようもない。

見えるものを見えると口にすると気味悪がられる。その見えた何かが人に悪戯《いたずら》を仕掛けようとしているのを止めに入ると、ますます不気味がられた。

何もないところで独り言を言っているおかしなやつ。

これが同級生たちが律に貼ったレッテルだった。

律の見た目が悪くない分、そのおかしな言動が余計に際立ってしまうのも災いしたのかもしれない。最初は仲が良かった友達もだんだん律と距離を置き始めた。結局、学年が上がりクラスが変わっても、やはり律は孤立することになった。

「別にいいけどね」

洋館から逃げるように去っていった三人の背を見送り、律はまたため息を零《こぼ》した。

こういうことにももう慣れた。本当は慣れたくないけれど慣れるしかない。

背負っていたランドセルを下ろした律は、中から紙に包んだパンを取り出した。

半分だけ囓《かじ》ったそれは、給食の残りだった。あまりおいしいとも言いがたい細長いコッペパンを千切り、洋館の玄関に目を向ける。

「食べる?」

声をかけると、玄関の隅にうずくまっていた黒い子犬がぴくっと耳を動かした。だが、そこから動こうとせず威嚇《いかく》するような視線だけを向けてくる。

きっと先ほどの三人に追い回されたせいで怯《おび》えているのだろう。だったらむやみに近づくのもどうかと思い、律は千切ったパンをその場に置いて自分は少し離れた場所に移動した。

「何もしないから食べていいよ」

そう言って子犬から目をそらし、反対側の石段に座る。

朽ちかけた洋館のこの石段は、律のお気に入りの場所だった。建物が坂の上にあるため、ここから街がよく見える。ちょうど門や玄関が西側に面しているせいで、ここから見える夕日は絶景だった。同級生たちがここを『秘密基地』にしなければ、おそらく毎日でもこうして日が暮れるまで座っていただろう。

そろそろ傾きかけた太陽を眩《まぶ》しげに眺めていると、ふいに手に柔らかなものが当たる感触が伝わった。驚いて目をやると、あの黒い子犬がいつの間にか真横に座っていた。

どうやら先ほどのパンは食べてしまったらしい。物欲しげな目を向けてくる子犬を見下ろし、律はランドセルからパンの残りを取り出した。

「まだ欲しい？」

問いかけると子犬が尻尾を振りながら鼻をすり寄せてくる。ふわふわしたものが手の甲や腕を撫でていくくすぐったさに、律は目を細めて笑った。

「うん、わかったからちょっと待って」

言いながら子犬を膝に抱き上げ、またパンを千切る。ガツガツとパンを平らげていく子犬を見下ろし、律は唇をほころばせた。

「お腹が空いてたんだな。ごめんな。こんなのしかなくって」

ドッグフードでも買ってやればいいのかもしれないが、律の少ない小遣いではそれも叶わない。

それよりもいったいこの子犬はどこの犬なのだろうか。

耳が少し垂れているせいで黒い小熊にも見えるこの子犬は、足が太く肉球も大きい。きっと大きな犬になるだろう。それがどうして首輪も着けずにこんなところをうろついていたのだろうか。

「おまえ、どこン家の犬？」

尋ねてみたものの、答えが返るわけもない。

迷い犬ならば飼い主がきっと捜しているだろう。もしかすると、帰り道のどこかに迷い犬のポスターが貼られているかもしれない。もしそうでなければ、自分が世話をできないだろうか。そう思い律は肩を落とした。

父は海外に出張中で、母も仕事を持っているため家にほとんど人がいない。おまけに住んでいるマンションはペットの飼育ができないのだ。この子犬をここに置いていくのは忍びないが、自分にはどうすることもできない。子犬をぎゅっと抱き締め、律はその背に顔を埋めた。

「ごめんな……うちに連れて帰ってやれないんだ……」

頬をぺろりと舐めた子犬をそっと抱き上げ、律は洋館の玄関前にしゃがんだ。子犬を大きな扉の前に座らせて自分もそこに膝をつく。

「明日も来るから。絶対に来るからここにいるんだぞ、ゴンタ」

子犬に『ゴンタ』と名前を付け、律はその場から立ち上がった。くるりと背を向けると子犬が行くなとばかりに駆け寄ってくる。足元にじゃれついてくる子犬を見下ろし、律はまたその場にしゃがみこんだ。

「だめだって。一緒に帰れないんだ。でもゴンタのことは俺が面倒見るから。約束するから」

諭すようにそう言い、律は子犬に背を向けてその場から駆け出した。

ゴンタが追いかけてきているかもしれない。そう思えば思うほど振り返ることができなかった。

日が暮れかけ、坂の下に広がる街全体が淡いオレンジ色に染まっている。

大好きなその景色すら見ようともせず、律は洋館の前の坂道を駆け下りていった。

翌日、学校の帰りに律は約束通り洋館の門扉を開けた。だが、そこにゴンタの姿はなかった。

飼い主の許に帰ったのだろうか。それならばそれでいい。それがゴンタにとって一番幸せだろうから。

そう思いつつ昨日ゴンタがいた石段に座った律は、ランドセルから紙に包んだコッペパンを取り出した。

半分ほど囓ったそれに勢いよくかぶりつく。

ジャムもバターもついていないパサついたパンは、いつも以上に味気ないものに感じた。

1

改装を終えたばかりの部屋は独特のにおいがする。真っ白の壁紙にきれいにワックスがけをされたフローリング。家具も何もない部屋はたとえ十畳足らずのワンルームでも随分広く見えるものだ。

それをぐるりと見回し、律は問題のクローゼットの扉の前にしゃがんだ。

「ど……どうですか、宇佐美さん。何とかなりそうですか……？」

おどおどした様子で玄関の前に立つ男は部屋に入ろうともしない。半分ほど開いた扉からそっと部屋を覗《のぞ》き込んでいるのは、このマンションを管理している不動産管理会社の社長だった。鈴村《すずむら》不動産とは以前から縁があり、社長の鈴村からの仕事を何度も請け負っている。律にしてみればいつものことなのだが、鈴村にとっては何度遭遇しても慣れない事象なのだろう。

「そ……そこのクローゼットがですね……」

鈴村が言いかけた途端、クローゼットの扉が激しい音を立て始めた。地震でもないのに扉がガタガタと揺れ勝手に開閉を始める。

「うわあああっ！」

みっともなく悲鳴を上げて玄関の扉を閉めた鈴村をちらりと振り返り、律は呆れぎみに肩をすくめた。

「そんなに怯えなくても……ていうか、鈴村さん、いいかげん慣れてもいいと思うんだけどなぁ」

「む……無理ですよ、無理っ。アタシはそういうのはだめなんですってばっ」

もう一度ドアを細く開けた鈴村が、中を覗き込みまた首をすくめる。

「そういうオバケとか幽霊とかっての、ホントにだめなんですってっ」

「だったらこんな物件ばっかり扱わなきゃいいじゃないですか」

「いや、それとこれとは話が別で……」

「よくわかんない人だなぁ……」

鈴村不動産が扱う物件は少し変わっている。と言っても、外観や部屋の間取りが変わっているわけではない。変わっているのは、仲介する物件が全ていわく付きということだ。

不動産情報には時々『告知事項あり』という注釈が載せられている格安物件がある。

賃料が安い代わりに、賃貸契約の前に知らせておかなければならないことがある。つまり、そこで『何か』があった心理的瑕疵《かし》物件――いわゆる事故物件というやつだ。

鈴村不動産はそういった心理的瑕疵のある物件だけを扱う特殊な不動産会社なのだが、時折その『何か』が人の死と全く関係のないところで発生することがあった。

そこで誰かが自殺したわけでもなければ殺されたわけでもない。別に幽霊が部屋の隅に立っているということでもないのに部屋に異常な現象が起きてしまう。そういった物件が発生した時に呼ばれるのが『祓魔師《ふつまし》』である律なのだ。

「さて……と」

もう一度クローゼットに目を向けると、扉はこれでもかと言わんばかりに開閉し始めた。挑発しているかのごときその様子に、律は思わずふんと鼻を鳴らす。

「いつまでも調子に乗ってんじゃないっての」

激しい音を立てていた扉がひときわ大きく開いた瞬間、律はそれを手で押しとどめた。まるで意思あるもののごとく必死で閉まろうとするクローゼットの扉を押さえ、腰をかがめて中を覗き込む。そこに目的のものを見つけた律は、にんまりと笑みを浮かべた。

「みーつけた」

言った途端、クローゼットの中で黒い塊のようなものが渦を巻いた。

もやもやとしたそれは埃《ほこり》のようにも見えるし靄《もや》のようにも見える。得体の知れないバレーボールほどの大きさのそれをまじまじと眺め、律は肩をすくめた。

「何だ、下級魔か」

言った途端、黒い塊がざわざわと揺れる。

言葉を理解しているのかいないのか、黒い靄がふわりと動き律の足元にまとわりついた。何かを確認するように律を包み込み、またクローゼットの奥で丸い塊になる。

どうやらこの部屋に棲み着いていたのは下級の魔物のようだった。それが悪戯を仕掛けているせいでポルターガイスト的な現象が起こり、心理的瑕疵物件となっているらしい。

「ったく、こんなところで悪戯なんかしたらだめだろ」

子どもを諭すような口調でそう言うと、黒い霧がゆらゆらと揺れる。近づいても悪意らしいものも感じない。この程度の魔物ならばそう手こずりはしないだろう。

そもそも魔物と言っても他に呼びようがないからそう言っているだけで、本当に魔物なのかどうかなどわからない。おそらくどこか次元が違う世界の生き物――これを生き物と言っていいのか迷うところだが――ともかくそういう存在なのだと律は思っている。

何かの手違いでこちらの世界に迷い込んでしまったそれら魔物のほとんどは、放っておいても元の世界に勝手に戻っていく。戻れなくなっていたとしても、あちらとの扉さえ開いてやれば素直に帰って行くのだ。

だが、中には融通が利かないやっかいな魔物がいる。帰らないだけならまだしも、棲み着いた場所に悪戯を仕掛けてくるのだ。

夜中にいきなり風呂場やキッチンの水が出るなど序の口で、高層階にもかかわらず誰かが窓を叩く音がするだの、閉めたはずの玄関の鍵が勝手に開くだの、魔物は悪戯のつもりでも住んでいる人間にとっては恐怖のオカルト現象だ。

寝ていて体がベッドごと宙に浮くような部屋に平然と住んでいられる者などそうそういるはずもなく、必然的にどんなに立地や条件が良くてもその部屋に借り手がつかなくなるという困った事態が起きてしまう。そういった心理的瑕疵と成り果てた物件に棲み着いている魔物を祓うのが宇佐美律の仕事だった。

子どもの頃から人には見えない何かが律には見えた。そのせいで子ども時代は『変なやつ』というレッテルを貼られて孤独に過ごす羽目に陥ったわけだが、今ではむしろそれをありがたい力だと思うようになっている。

異界からやってきた人ならざるものが見え、意思の疎通ができる力。

こんな類い稀な力は得ようと思っても得られるものではない。結果、高校を卒業した律は大学には進学せずに不動産管理会社からの依頼を受けて賃貸物件に棲み着いている魔物を祓う『祓魔師』という奇妙な仕事を始めた。別に師匠と同じように『拝み屋』と名乗っても良かったのだが、何となく『祓魔師』という字面が気に入ってそう名乗ることにしている。

最初はこんな胡散臭《うさんくさ》い商売が果たして成り立つのだろうかと思っていた。実際、胡散臭いだけの同業者もかなりいて、霊障に効くと言ってはよくわからない高価な絵や壺などを売りつける輩も少なくない。

そんな中、商売っ気がないせいもあるのか律への依頼は途絶えることなく舞い込み、七年経った今もほぼ毎日のようにどこかの心理的瑕疵物件を渡り歩いている。

「う……宇佐美さんっ、頼みますよっ。早くそれを何とかしてくれないとっ。来週には入居希望者が内見に――うわああっ！」

玄関のドアを少しだけ開いた鈴村の目の前で、バチンッと静電気が発生したような大きな音がした。

激しい音と閃光に再び悲鳴を上げた鈴村が、そのまま玄関先に尻餅をつく。どうやら腰を抜かしたらしくその場に座り込んでしまった鈴村を呆れぎみに見やり、律はまた魔物が居座るクローゼットに向き直った。

「だから、そういうことをするなってさっきから言ってるだろ。俺だって無茶なことはしたくないんだしさ」

相手が魔物とはいえむやみに祓うことはしたくない。

祓魔師にあるまじき言い草だと思いつつも、これは律の本心でもあった。

魔物を祓うということは、それを消滅させることに直結する。正直なところ、諭してお帰り頂くよりは力でねじ伏せて消滅させてしまった方が簡単なのだが、それをしたくない気持ちが律にはあった。

子どもの頃から見えていた人にあらざるものたち。それらは友達ができなかった律にとって唯一の友達といえるものだった。律からしてみれば、『魔物』などと呼ばれるものたちの全てが悪意を持っているわけではない。むしろ同級生たちの無邪気故《ゆえ》の残酷な言動の方がよほど悪意に感じた。

常に律の周りに居た悪意なき魔物たち。そんな迷子の魔物たちには、できることなら穏便に元いた世界に帰ってもらいたい。

「元の世界に帰ってくれるなら、あっちとの扉を開くからさ」

そう言って律はポケットから古びた懐中時計を取り出した。銀色のそれは、幼い頃に父から貰ったものだった。どうやら海外のものらしい懐中時計の蓋《ふた》には複雑な文様が彫刻されており、側面のリューズを押し込むとその蓋が開く仕掛けになっている。

リューズを押して懐中時計の蓋を開いた律は、蓋の内側に彫り込まれた模様に目を向けた。

それはどことなくいびつな形をした西洋の城だった。やけに凹凸が多い不思議な形をした城を指でそっとなぞると、城がぐにゃりとゆがみ黒い渦を巻き始める。

いったいどういうことなのか、父から貰ったこの時計はこちらの世界と魔物たちの世界を繋ぐ扉となっていた。

今では顔も思い出せない父がこの時計をどこで手に入れたのか律は知らない。ただ、これはいつかおまえにとって役に立つものになる。だから大切に持っておけと言われた。

あの頃はこれが何の役に立つのかさっぱりわからなかったが、今は祓魔師という仕事をする上で欠かせない物になっている。もしかすると、律の不思議な力を最初に見抜いていたのは父だったのかもしれない。

「ほら、ここから帰れるから」

黒い渦を巻いた時計を魔物に向けると、再びクローゼットのドアがギシギシと音を立て始めた。

鈴村が腰を抜かして座り込んでいる玄関も、天井のライトが勝手に点いたり消えたりを繰り返している。

「わ……わっ……う……宇佐美さんっ、さっきより酷《ひど》くなってるじゃないですかぁっ」

悲愴感たっぷりの声で抗議をする鈴村に「大丈夫ですから」と手を振り、律は仕方ないとばかりにジャケットから呪符の束を取り出した。

正直なところ、こんな呪符など何の役にも立たないただの飾りだ。だが鈴村のように霊障もどきに免疫がない人間にはかなり有効なシロモノでもある。一応格好だけ九字を切り、律は呪符をクローゼットの扉に貼り付けた。

「ほら、今のうちに早く帰れって。これ以上悪さをするなら怖いお兄さん呼んじゃうぞ」

冗談めかして言った途端、背中にぞわりとしたものを感じた。

うなじの辺りがチリチリしてくるような、えも言われぬ感覚に身震いがする。恐怖に似て非なるもの。まるで全身を闇で包み込まれるようなこの感覚に覚えがあった。

まさかと律は思った。

まさかあいつがここに現れるわけがない。絶対に出てくるなと言い、部屋の出入り口全てに結界を張っておいた。自分で言うのも何だが、かなり強固な結界を張ったつもりだった。あれがそうそう破られるわけがない……はずなのだが――。

恐る恐る振り返った律は、思わず目を見開いた。

「嘘……」

　ぽつりと呟くと、いつの間に入ってきたのやら鈴村の真後ろに男が立っていた。

　黒いスーツに黒いシャツ、黒い髪の左のこめかみに銀メッシュとそれだけでも充分胡散臭いのに、褐色の肌と国籍不詳的な面立ちが男の胡散臭さをさらに倍増させている。何より目につくのが首にしっかりと嵌められている真っ赤な首輪だった。

　こんな下町のど真ん中で日本人に見えないというだけでも目立つのに、漆黒のスーツと犬に着けるような革の赤い首輪という取り合わせが男の雰囲気をますます怪しいものにしている。

　誰がどう見ても『犬の首輪をしたアブナイやつ』という雰囲気を醸《かも》し出している男は、あろうことか土足のまま部屋に足を踏み入れた。

「あ、ちょっとっ、勝手に入っちゃ困る……っていうか、靴っ、靴脱いで――」

　慌てて引き留めようとした鈴村に男が一瞥《いちべつ》をくれる。視線だけで「黙れ」と言ってのけた男は、萎縮した鈴村を完全に無視すると、そのままクローゼットの前で茫然としている律の目の前にやってきた。

「私を呼んだか、律――」

　高からず低からず、心地よい声が耳に届く。同性である律が聞いてもぞくぞくするような妖艶な声なのだが、男が声を発した瞬間、クローゼットの奥にいた魔物が読んで字のごとく霧散した。

「あああ――っ！」

思わず叫んだ律は、慌ててクローゼットの中に頭を突っ込んだ。

「ちょ……嘘だろ……マジかよっ……」

先ほどまで感じていた魔物の気配は微塵もない。代わりに感じるのは、より強く禍々《まがまが》しい気だけだ。そして、その禍々しい気はこの黒スーツに赤い首輪の男から発せられているものだった。

心が凍り付きそうな闇を身にまとい、男がまた一歩律に近づく。腰をかがめてクローゼットの奥を覗き込んだ男は、見た目にそぐわないかわいらしさで小さく小首を傾げた。

「ん？　何だ、そこに下級魔でもいたのか？」

「ゴ……ゴンタ、お……おまええええっ！」

思わず叫ぶと、玄関で鈴村が「ゴンタ？」と眉根を寄せて呟《つぶや》く。

その鈴村をじろりと睨《にら》み、ゴンタと呼ばれた男は律に向き直って片眉を上げた。

「何というか、最初から思っていたのだがおまえの名付けは本当に趣味が悪いな」

「黙れ、馬鹿犬！　俺のネーミングセンスなんかどうでもいいんだよ！　ひとがせっかく穏便に帰ってもらおうとしてたのに何てことしてくれるんだよっ！」

「律、おまえは何をそんなに興奮しているのだ。たかが下級魔が私の気にあてられて消滅しただけだろう。仕事がはかどってよかったではないか」

男の言い草に一瞬目眩《めまい》がした。確かにそうなのだが、そういう問題ではない。律としてはむやみに魔物を消滅させるようなことはしたくないのだ。先ほどの下級魔とて開いた扉から元の世界に帰っていったかもしれないのに――。

「あ、あのなっ、おまえみたいなのがうろついたら下級の魔物なんてひとたまりもないだろっ！　ていうか、何でここに来てんだよ！　絶対に部屋から出るなってあれほど――」

「何を言っている。おまえが私を呼んだからだろう。あまりに退屈でおまえを捜しに外に出ていたら、私を呼ぶ声が聞こえてきたぞ」

　ふわりと笑みを浮かべた男が両手を広げる。いきなり強く腕を引かれて蹈鞴《たたら》を踏んだ。

「うわっ……わっ……」

　強い力で引き寄せられ、図らずも胸に抱き込まれてしまった律は、慌てて男の体を押し返した。

「は……放せってっ！　おまえを呼んだ覚えなんかないっ！」

「覚えがない？　おまえは何を言っているのだ。さっき言っていた『怖いお兄さん』とは私のことではないのか？」

「そ……それは……」

　確かに言ったし『怖いお兄さん』はこの男のことで間違いない。だが――。

「そんなに私が恋しいならそう言ってくれればいいものを――」

　笑みと同時に強く抱き締められ体が硬直した。スーツの下の意外に厚い胸板が頬に伝わり、鼓動が一気に高鳴る。

　いきなり湧き出した自分の感情に、律は戸惑いを隠せなかった。

子ども時代を孤独に過ごしてしまったせいなのか、律は今もって他人に対する距離感がうまく掴めないでいた。恋愛感情や性的な欲求も希薄で、二十代も半ばを過ぎたというのに異性と付き合ったことが一度もなく、むろん性経験もない。同性愛者なのかと悩んだこともあったが、それも違うような気もした。もしかすると、他人に対して性的な興味を抱かないアセクシュアルではないのだろうかと思うことすらある。だが、そんな自分がなぜかこの男にだけは欲情に似たものを感じるのだ。

声を聞き姿を見ればわけもなく胸が高鳴り、体に触れられれば欲しいと思う感情が芽生える。今もそうだ。

鈴村がすぐ側にいるにもかかわらず、男の抱擁を受けた体が素直すぎるくらい反応しようとする。それを男も感じたのだろう、律の体を抱き締めている腕により力が籠もった。

「ちょ……苦しいっ……！」

「律、おまえの魂が私を求めて震えているぞ」

「求めてって……馬鹿野郎っ！　んなわけないだろっ！」

否定しながらも体が熱くなっているのが嫌でもわかる。背に伝わる手のぬくもりを感じれば感じるほどこの男が欲しいと心が震え始めるのだ。

「この……放せって言ってる――」

「そう照れるな、律。私もおまえが恋しいぞ――」

言い終わる前に唇を塞がれ、目を見開いた。

喋《しゃべ》ろうとした寸前に口づけられたのが悪かったのだろう、口腔に男の舌が遠慮なく入り込んでくる。

「んっ……う……んんっ！」

舌で口蓋《こうがい》を撫でられ腰が砕けそうになった。

男の言葉を全力で否定したものの、若い体は正直だ。深く口づけられ、こんな風に情熱的に口腔を愛撫されては性的経験が皆無の律はひとたまりもない。密着した体から男の体温や鼓動が伝わり、欲望がさらに大きくなった。

「ん……ぅ……、ふ……」

男に対する性的な欲情に流されそうになる。だが、何気なく玄関側に目を向けた途端、淫らな気持ちが一気に現実に引き戻された。

玄関のドアを背に鈴村が茫然とした面持ちでこちらを見ている。

それもそうだろう。管理している賃貸物件のポルターガイスト現象に悩まされていたところに、黒ずくめのスーツに真っ赤な首輪を着けたわけのわからない男が現れた。その直後に見たくもないだろう男同士の熱い抱擁と口づけを目の前で展開されたのだ。律が同じ立場だったとしても鈴村と同様の反応をしただろう。

「や……めっ……放せっ！　この……馬鹿っ……」

さらに深く口づけようとする男を何とか押し返そうとしたが、より強く背を抱き締められ舌を吸い上げられた。口蓋を撫でていく舌の感触が快感に変わり、体の芯が火をつけられたように熱くなってくる。

濃厚な口づけに翻弄されそうになり、律は必死で抱擁から逃れようとした。けれど、もがけばもがくほど背を抱く男の腕に力が籠もっていく。

「この……やろ……くそっ……」

じたばたと暴れていると、ふいに唇が解放され直後に耳朶《じだ》をくすぐる感触が伝わった。ふっとそこに息を吹きかけられ、膝がかくんと崩れ落ちそうになる。

思わずスーツの襟をきつく摑んだ律は茫然とした面持ちで男を見上げた。

鋭い眼光に見下ろされ背が震えた。男の薄い唇が唾液でわずかに濡れている。その様子にさえ体が甘く疼《うず》き、律はごくりと喉を鳴らした。

「ゴンタ……」

呟くと、男が耳朶をそっと唇で挟み込む。

「どうだ、律。いいかげん私のタマゴを産む気になったか？」

タマゴ――。

吐息とともに囁《ささや》かれたその言葉を耳にした瞬間、律は容赦なく男のみぞおちに拳を叩き込んだ。

「うぐっ……」

体をくの字に曲げて苦悶の表情を浮かべた男をきっと見下ろす。

「こ……このクソ馬鹿野郎っ！　タマゴなんか産んでたまるかぁ――――！」

2

日がとっぷりと暮れた頃、ようやく自宅マンションにたどり着いた律は、ジャケットをテーブルに放り投げるとそのままソファにダイブした。

「疲れた……」

物件に棲み着いていた魔物を不本意な形とはいえとりあえず祓うことができた。依頼された仕事は無事に終了したわけだが、一つ問題が残っている。

「鈴村さん、完全に誤解してる……」

ポルターガイスト現象が起きていた部屋に漂っていた魔物の気配は完全に消えた。クローゼットの扉が自動開閉することはなくなったし、シャワーが勝手に出るようなこともない。それらを確認しつつ部屋の四隅に格好だけの呪符を貼り、律は鈴村にもう大丈夫だと伝えて報酬を受け取った。

鈴村不動産の事務所で金が入った封筒を差し出しつつも、鈴村の視線は律の真後ろに立っている黒いスーツの男に注がれていた。

律と男を交互に眺めながら鈴村は複雑な笑みを浮かべていた。おそらく――いや間違いなく律と男の関係をあれやこれやと想像していたに違いない。

「この馬鹿犬……」

思わず呟いた律は、部屋の真ん中に置かれた大ぶりのクッションに目を向けた。

直径一メートルほどの平たいクッションの上に真っ黒な大型犬が寝そべっている。ふさふさした尻尾とぴんっと立ち上がった大きな耳。真っ赤な革の首輪を嵌めたその犬をじろりと睨み、律はため息を漏らした。

もうため息しか出てこない。どうしてこんなことになっているのだとこの一ヵ月間に何度思ったことだろうか。

もう一度「馬鹿犬」と呟くと、大型犬がうっそりと顔を上げた。ソファに突っ伏している律にちらりと目を向け面倒くさげにあくびをする。

『馬鹿犬ではない。魔族だと言っているだろう。もう一つ付け加えるなら私は魔王だ』

犬の口から発せられた人間の言葉を耳にした津は、うんざりした面持ちでソファに置いたクッションに顔を埋めた。

「何が魔王だよ。どう見たって犬だろ」

そうぼやくと黒い大型犬がふんと鼻を鳴らす。

『犬と魔族の区別もつかないとは、人間とは本当に愚かな生き物だな』

人間が愚かな生き物だということは否定しないが、魔王を称する犬に言われる筋合いはない。

魔王だろうが何だろうが、クッションに寝そべっているのはどう見ても大型の犬そのものなのだ。

「犬のくせに偉そうなこと言うな」

『だから何度も言っているだろう。犬ではない。それにおまえの認識は間違っている。今の私の形状は犬ではなく狼に近い』

「どっちも一緒だろ……」

『いや、違う。そもそも狼というのは――』

いったいどこで仕入れてきた知識なのやら、犬と狼の違いを話し始める自称『魔王』の大型犬をぼんやりと眺め、律はソファに再び突っ伏した。

犬が人の言葉を話す違和感にももう慣れた。あの口と舌でどうやって言葉を発しているのか最初は不思議で仕方がなかったが、喋る際に口を開いていないところを見ると、どうやら声は律の頭の中に直接流れてきているようだった。信じがたいが、魔族ならばそれも納得がいく。

人語を話すというだけに留まらず、獣型と人型、二つの形態に自在に変化できる時点でこの犬は紛れもなく魔族だ。それもかなり力の強い部類に入るのだろう。

律にとってこの犬が魔族だろうが、それ以外だろうが別にかまわない。問題はなぜ自分の部屋に自称『魔王』が居座っているのかだ。

「ったく……いつまでいる気だよ……」

呟いた瞬間に先日の出来事が脳裏をよぎり、律はうんざりと天井を仰いだ。

＊＊＊

ちょうど一カ月前、律はいつものように鈴村からの依頼を受けて心理的瑕疵物件の祓いに出かけた。

古い住宅に棲み着いた魔物はことのほか手強く、半ば強制的に元の世界にお帰り頂いた。着ていた服があちこち破れてしまうくらい大暴れしてくれた魔物をもとの世界に戻し、へとへとになって自宅マンションに戻った律を待っていたのは、黒いスーツ姿の男だった。

最初は引っ越しをしてきた隣の部屋の住人かと思ったが、どうも様子が違う。明らかに男は待ち構えるかのごとく律の部屋の前に立っていた。

いったいどこの誰なのだろうか。マンションの管理会社の社員だろうかとも思ったけれど、それにしては男の雰囲気があまりにも胡散臭い。

年は三十前後といったところだろう。スーツ姿ではあるものの、そのスーツは漆黒でシャツも同じように黒い。こんないかにもな玄人《くろうと》臭い格好で営業に回る会社員などお目にかかったことがない。何より、彫りの深い顔立ちと浅黒い褐色の肌が男の雰囲気をいっそう怪しいものにしていた。左のこめかみ辺りの髪に一筋だけ銀色っぽいメッシュが入っているのもそれに拍車を掛けている。

そして、男は同性の律から見ても震えがくるような色気があった。

他人に対して性的な感情をほとんど抱かない律だったが、男が放つ艶には戸惑いを隠せずにいられなかった。この男を見ているだけで神経を直接撫で回されているような錯覚に陥る。背中やうなじの辺りがぞわぞわし、わけもわからず鼓動が高鳴った。

いったいこの男は何者なのだろうか。

そう思いつつ部屋に近づくと、律の姿を認めた男がふわりと笑みを浮かべた。

「ようやく会えたな、律」

「え……？」

外国人めいた雰囲気の男に流暢《りゅうちょう》な日本語で話しかけられ戸惑った。しかも、姓ではなく親しげに律の名を呼んでいる。

「私を覚えているか？」

さらにそう問われ首を傾げた。

この男に全く覚えがなかった。仕事関係で会ったことがあるのだろうかと記憶を辿《たど》ってみたが、該当者はいない。もしもどこかで会っていたとしたならば、この男を忘れるはずがないだろう。それほど男は独特の雰囲気を持っている。

「えっと……失礼ですがどちら様？」

訝《いぶか》りつつ尋ねると、男の表情が少しばかり曇った。しゅんとした様子に罪悪感を覚えたものの、覚えていないのはどうしようもない。

「すいません。俺、記憶力があんまり良くなくて。どこかで会いましたっけ？」

申し訳ない気持ちのまま尋ねると、男がふっとため息を零した。

「つれないな、律。本当に私を忘れてしまったのか？」

つれないと言われても本気で覚えていないのだ。

「いや、ホントに申し訳ないんだけど、会った覚えがなくて……」

「会ったのはたったの十五年前ではないか」

「はぁ？」

十五年を『たったの』と言い切る男をまじまじと眺める。

「十五年前って……」

思わず問い返すと、男が大仰に頷《うなず》いた。

「そうだ。おまえはあんなにも愛しげに私を抱いていたではないか」

「だっ……抱いてって……誰がっ？」

「おまえだ。おまえは私を抱きしめて背に顔を埋めていた。とても嬉しそうに私に頬ずりをしていただろう。忘れたのか？」

自分がこの男と全裸で絡んでいる絵面が脳裏に浮かび、慌ててそれを振り払った。一瞬でもそれを想像した自分を殴りつけたくなってくる。

「し……してない！　した覚えもないっ！　何だよそれ！」

そもそも十五年前ならば律はまだ小学生だ。年齢不詳のこの男が三十過ぎだと仮定して、小学生の時に高校生のお兄さんとイケナイ遊びをした覚えなど一切ない。

仮にそういう事実があったとしても、十五年も経ってからいったい何の用だというのだ。

「俺、そういうことした覚えはないしっ。ていうか、あんたのことなんか知らないしっ」

「明日も必ず来ると言ったおまえとの約束を守れなかった私を恨んでいるのか？」

「だからっ、そういう約束なんか――」

「約束を守れなかった私の方に非があるのは重々承知だ。それについては申し訳ないと思っている。だが、私はおまえのことを片時も忘れたことなどなかった。あれからずっとおまえを捜していたのだぞ」

「いやいやいや。だから聞けって。俺はあんたのことなんか知らないし、会う約束なんかした覚えもないからっ！」

した覚えのない約束を全力で否定すると、男がふっと息をついた。律にちらりと視線を向け、困ったやつだとばかりに肩をすくめる。

「ゴンタといえばわかるか？」

聞き覚えのある名を口にされ黙り込んだ。

「ゴンタ……？」

問い返すと、男が「そうだ」と頷く。

脳裏に浮かんだのは、子どもの頃に住んでいた街だった。

坂道のてっぺんにあった赤い屋根の洋館。夕方のオレンジ色に染まった空の下、その洋館の庭で同級生たちに追い立てられていた黒い子犬がいた。

同級生たちを追い払い、怯えきっていた子犬に給食の残りのパンを与えた。連れて帰りたかったが、自分の家では飼うことができない。せめて飼い主が見つかるまでは面倒を見ようと思い、明日も必ず来るからここにいろと言い聞かせた。

ついてこようとする子犬を振り切って坂を駆け下りたあの日の記憶が一瞬でよみがえってくる。

「ゴンタって……確かあの時の子犬だよな……」

思い出した。翌日、約束通り律は学校の帰りに洋館に立ち寄った。けれどそこに子犬の姿はなく、しょんぼりしながら残しておいたコッペパンを一人で食べたのだ。

確かにあの子犬にゴンタと名付けたのは律だ。けれど、どうしてそれをこの男が知っているのだろうか。

「もしかしてゴンタの飼い主さん？」

あれから十五年、ゴンタが生きていたとしても老犬になっているだろう。もう虹の橋にを渡ってしまったかもしれない。

飼い主であるこの男は、何らかの理由で律のことを知り、ゴンタの死を報告しにやって来たのだろうか。

「あの……ゴンタ、死んじゃったんですか?」

恐る恐る尋ねると、男がまた肩をすくめた。

「そうではない。私がゴンタだ」

「は?」

「だから、私があの時のゴンタだ」

何度も同じことを聞くなとばかりの男の様子に、思わず口を閉ざした。

改めてじっくりと男を上から下まで眺める。

男は見れば見るほど『いい男』だった。背が高く、すらりと長い手足だからなのか、黒いスーツがよく似合っている。アンバーとでもいうのだろうか、あまり見たことがない黄金色をした瞳も宝石のように美しい。モデルだと言われても納得しそうなほど整った風貌なのだが、男から醸し出されているこの表現しがたい違和感は何なのだろうか。

何かを言おうとしたが言葉が見つからない。それ以前に自分は犬だと言い張るこの男にどう対処すればいいのだ。

脳裏に浮かんだのは『危険』の二文字だった。律の本能がこの男を危険なものとして認識し警鐘を鳴らしている。

無言のまま男を押しのけてドアを開けた律は、部屋に入ると急いで鍵を閉めた。U字ロックもかけてついでに傘立てをドアの前に置く。

「ヤバイ……あいつ、絶対ヤバイやつだ……」

男が言った通り確かに十五年前に子犬を助けた。その事実は認めるが、あの時の子犬と黒ずくめの三十男がどうしてイコールになるというのだ。唯一の共通点は『黒』という色だけではないか。それよりも、あの男はいったいどこで律が十五年前に子犬を助けたことを知ったのだろうか。

「何だよあいつ……ストーカーか……？」

恐る恐るドアスコープを覗いてみると、男の姿はそこになかった。

諦《あきら》めて帰ってくれたのならそれでいいし、もしもまた現れるようなことがあれば警察に相談した方がいいだろう。

男が立ち去ってくれたことにほっと胸を撫で下ろし、律は靴を脱ごうとした。だが次の瞬間、かけたはずのU字ロックがゆっくりと動き始めた。

「え……？」

まるで磁石か何かで引っ張られているようにU字ロックが外れ、サムターン鍵が小さな音を立てて回る。それだけならまだしも、ドアの前に立てかけた傘立てまでもが勝手に壁際に移動し始めた。音も立てずに移動していく傘立てを、律は茫然と眺めた。今まで何度も心理的瑕疵物件でこういう現象を見ている。だが、自分の部屋で起きるとさすがに気持ちのいいものではなかった。

「嘘……だろ……」

傘立てが完全に元の壁際に移動し終えると、ノブがゆっくりと回った。

ドアが音もなく開き、律はごくりと喉を鳴らした。

視線の先にあるもの。それは紛れもなく先ほどの黒いスーツの男だった。

「酷い仕打ちだな、律。そんなにも私のことを怒っているのか」

律には意味不明なことを口にしながら男が玄関に足を踏み入れる。

男の手が伸びた瞬間、律は靴も脱がずに部屋に駆け込んだ。

「うわああっ！」

部屋のドアが勝手に開閉するようなポルターガイスト現象ならば慣れている。だが、こういう物理的な危害を加えられるかもしれない事態に律は恐怖した。これならば心理的瑕疵の方が百倍もましに感じる。

「来るなっ！　入ってくんなっ！」

1Kの狭い部屋だがキッチンとリビング兼寝室との間には仕切りのドアがある。急いでそのドアを閉めようとしたものの、それもあっけなく男の手に阻《はば》まれた。

「ようやく会えた。我が愛しい伴侶よ――」

男に腕を掴まれたと思った瞬間、そのまま床に押し倒された。必死で逃げようとしたものの、馬乗りになった男に両手首を押さえ込まれる。

「嫌だっ！　放せっ！　嫌――」

言いかけた途端、唇に柔らかな感触が伝わり目を見開いた。

口づけられているのだと理解した瞬間、体が硬直する。

二十歳をとっくに過ぎているにもかかわらず律には性的な経験がなかった。異性と付き合ったこともなければキスをしたこともない。むろんセックスの経験もなく紛う方なき童貞だ。

その自分があろうことかどこの誰ともわからない男に襲われ、不本意な形でファーストキスを奪われている。

「や……め……っ……、んっ……ぅ……」

一度も経験したことのない性的な接触に律は戦慄した。男の濃厚で激しい口づけに頭の中が真っ白になる。それが気持ちいいのかどうかすらわからなかった。

「会いたかったぞ、律――」

ぬるりと入り込んできた舌が舌に絡まる。口蓋を舌先で撫で回される感触が伝わり、全身がぞわりと総毛立った。

「い……いや……だ……放――」

口づけから逃れようと暴れていると、男がふと唇を解放して笑みを浮かべた。

「少し見ぬ間に美しい大人に育ったな。やはり私の目に狂いはなかったということか」

「な……何言って……」

「おまえは責任を持って面倒を見ると言ってくれただろう。あの時の約束を履行しようぞ、律。我が伴侶となり私のタマゴを産んでくれ」

「は？　タ……タマゴ？　タマゴって――」

「そうだ。早くしなければ私の繁殖期は終わってしまう。タマゴを産んでもらうためにはるばる魔界から伴侶となるおまえを求めてやってきたのだ」

もう限界だった。

自分は犬で、魔王で、律を勝手に伴侶と決めて、繁殖期が終わるからタマゴを産んでもらうために魔界からやってきた。そんな男の誇大妄想にこれ以上付き合ってやる義理など欠片《かけら》もない。

「この……変態ストーカー野郎っ！　タマゴなんか産めるかぁっ――！」

叫んだ律は、体に乗り上がっていた男の股間を力任せに蹴り上げた。膝頭が男の股間にクリティカルヒットする。

「ギャウンッ！」

「ぎゃ……ぎゃうん……？」

奇妙な声を上げた男の体が光彩を放つ。あまりの眩しさに目をすがめた次の瞬間、スーツ姿の男は漆黒の毛並みをした大型犬に変化した。

「え……？」

ぴんと立った大きな耳と、ふさふさした尻尾。そして真っ黒な毛並み。目が鋭いため一見する

と狼っぽくも見えるが、その姿形はどう見てもシェパードだ。

「う……そ……」

尻尾を丸めて上目遣いで睨んでくる大型犬を律はまじまじと眺めた。

黒い毛並みだが左の耳の辺りに一房だけ銀色っぽい毛束がある。それは先ほどの男の髪が左のこめかみの辺りだけ銀色に染められていたのと全く同じだった。

「い……犬……？　マジで犬……？」

『だからあの時のゴンタだと言っているだろうが……』

「うわああっ！　い……犬が喋ったっ」

『犬ではない、魔族だ。もう一つ付け加えるなら私は魔王だ。伴侶となるおまえをようやく見つけたというのに蹴るか……大切な股間を……』

耳を伏せて体を丸めている大型犬を律は言葉もなく見下ろす。

これが自称『魔王』のゴンタと十五年ぶりになる再会だった。

＊＊＊

「何が伴侶だよ……」

一カ月前の出来事を思い出し、律はげんなりと肩を落とした。

あの日以来、男はずっと律の部屋に居座っている。

出ていけと言っても出ていかない。無理矢理追い出しても仕事から帰ってきたら部屋の中に入り込んでいる。鍵を掛けても魔力とやらで簡単に開けてしまうし、魔族ならばと結界を張ってみたもののさすが魔王を称するだけのことはあるのだろう。祓魔師としてそこそこ自信があった律の結界ですらほとんど意味をなさなかった。

結果、律はこの自称『魔王』を追い出すことは諦めて、ペットとして飼うことにした。

律が借りているのは単身者用のマンションで、誰かと同居することはできない。ただし、ペット飼育は可能だった。

こんな大型犬を飼っていいのかどうかわからないが、賃貸契約書を見る限りペットの種類や犬種の指定まではされていない。ならば大型犬でも別にかまわないだろうと開き直った。

常時犬の形態でいるのならばここにいてもかまわないと言い、この自称『魔王』との同居が始まって今に至る。

「ゴンタ」

名を呼ぶと、ゴンタが面倒くさげに顔を上げた。

どれだけ聞いてもかたくなに名前を名乗らないため、昔のまま『ゴンタ』と暫定的に名前をつけた。とはいえ、この名前はセンスが悪いと本人はいたく不満らしい。

名乗れと言っても「人間に真名は名乗れない」と言い張るばかりで、結局、不本意ながらそのままゴンタという名を受け入れることにしたらしい。

素っ頓狂な言動はさておき、獣型になったゴンタの毛並みはとても美しいと思った。姿はシェパードに似ているが、顔つきが少し違う気もする。左耳の辺りに銀色の毛が一筋だけ交じっているのも不思議な感じがした。

本人は「獣型は狼だ」と言うものの、実物の狼を見たことがない律には犬と狼の区別など全くつかない。ついたところで、別に狼でも犬でもどちらでもいいとも思った。

子どもの頃から念願だった犬を飼うことができたのだから――。

漆黒の毛並みに触れたくなり、律はもぞりと体を起こした。そのままゴンタが寝そべっているクッションの真横に座る。

『律?』

「じっとしてろ」

言いながらそっと背を撫でると、ゴンタがぴくりと耳を動かした。

頭を撫で、そのまま耳の辺りに手を滑らせる。黒い毛並みが手に吸い付いてくるようで、たまらずゴンタの背に顔を埋めた。

「気持ちいい……」

昔から犬が好きだった。

飼いたくても飼えない環境だったため、犬を飼うことにずっと憧れていた。一人暮らしを始めてからも何度かペットショップに立ち寄ったが、自分が仕事に行っている間、犬を部屋に置いていくのが忍びなくて諦めていた。

その点、この自称魔王のゴンタならば安心だと思った。

いざとなれば人型になることもできる。まだじっくりと見たことはないが、魔王というからにはかなり強い魔力も持っているだろう。

「おまえ、温かいんだな」

呟くと、ぺろりと頬と舐められた。黒い鼻面を押しつけられ、思わず苦笑する。

隣にごろりと寝っ転がった律は、ゴンタの耳の辺りに手を伸ばした。耳や首を撫でると、ゴンタがくすぐったそうに身じろぎをする。

『律、耳はだめだ。そこは……』

「耳、気持ちいいんだ？」

無言で目を細めたゴンタがころりと転がって腹を見せる。これは撫でろということなのだろう。

遠慮なく柔らかな腹毛を撫でた律は、そのまま横っ腹に顔を埋めた。

「ヤバイ……モッフモフで気持ちよすぎる……」

大きくしなやかな体を抱き締めていると、されるがままに寝転がっていたゴンタがうっそりと顔を上げた。

『律、そんなに私と交わりたいなら人型になるぞ』

「ならなくていい」

間髪を容れずに拒否した律に、ゴンタが驚愕の眼差しを向けた。

『何と。おまえは獣型のまま交わる方がいいというのか。まあ……おまえが望むなら私は別にかまわないが――』

「だから、そうじゃないっ！　いいからそのまま黙って転がっとけっ」

伴侶だのタマゴだの言うだけのことはあって、ゴンタは隙あらばセックスに持ち込もうとする。本人は繁殖期なのだから当たり前だと言うが、律には迷惑極まりない話だった。

先ほども仕事先の物件に押しかけてきたゴンタに濃厚なキスをされた。鈴村にもあらぬ誤解をされたままだ。

魔王どころかただの性欲魔神にいつ襲いかかられてもおかしくない状況ではあるけれど、なぜかゴンタはキスはすれども嫌がる律を無理矢理抱こうとはしなかった。そこは意外に紳士なのだと思う反面、あの濃厚なキスは勘弁してもらいたい。性経験が皆無の童貞には、あれはあまりに官能的すぎる。

「あのな、このマンションは単身者用なんだよ。勝手に誰かと住んでるってばれたら追い出されるんだよ」

だから人型になられては迷惑だと言うと、ゴンタが「なるほど」と頷いた。

人型のゴンタと一緒に住んでいるのを管理人に知られたら、マンションから退去させられるかもしれない。だが、ゴンタが人型になって困る本当の理由は別にあった。

獣型の時には何も感じないのだが、ゴンタが人型になるとわけもわからず体が熱くなるのだ。別に同性が好きだというわけでもないのに、なぜか胸がときめいてしまう。

今日もそうだった。ポルターガイスト現象が起きていたあの物件にゴンタが現れた時、体が素直に反応した。

ゴンタが放つ強烈な魔族の気にあてられているのだろうかと思ったが、どうもそれとも違う気がした。

今までこんなことは一度もなかった。異性だろうが同性だろうが、性的な興味などほとんどと言っていいほど抱いたことがない。なのにゴンタだけは別だった。

あのどことなくエキゾチックな褐色の肌と黒い髪、そして黄金色をした不思議な瞳の色に心が奪われる。そのうち性的衝動が抑えきれなくなってしまうのではないかと気が気でない。だから二人きりの時は、ゴンタには絶対に獣型でいてもらわなければ困るのだ。

「部屋にいる時は人型になるなよ。絶対にだぞ」

『それは承知しているが、おまえはおかしいぞ、律』

「おかしいって、何が？」

『こんなにも私に触れてくるのになぜ交わろうとしないのだ？　魔王のタマゴを産めるなど栄誉なことだというのに、おまえは欲がない』

「わけわかんないこと言うな。だいたい何で犬がタマゴから生まれるんだよ」

それ以前になぜ男の自分がタマゴなど産まなければならないのだ。

「そもそも俺はメスじゃないし、タマゴなんか産めるわけないだろ」

『我ら魔族には人間のような性別はない。魔族は交わった際に種を受け取った側がタマゴを産む』

「へえ。じゃあおまえが自分でタマゴを産めばいいだろ」

『別にそれでもかまわないぞ。おまえの種を受け取って私がタマゴを産んでも――』

「ストップ。それ以上言うな。想像したくない」

ゴンタに抱かれるのはごめんだが、ゴンタを抱くのはもっとごめんだと思った。童貞だということを差し引いても、自分よりも確実に体格がよく見るからに性経験も豊富そうなこの男を抱ける自信など皆無だ。何より自分は同性愛者ではない。男を相手になど、勃つものも勃たなくなるに決まっている。

「とにかく、もう二度と勝手に部屋から出るなよ」

『人型で出てはいけないのなら獣型で出ていけば――』

「いいわけないだろっ！　おまえみたいな大型犬がリードも着けずに街中をうろうろしてたら一発で保健所行きだよ！」

言っていてはたと気がついた。そういえば今日、ゴンタはどうやってあの物件までやってきたのだろうか。

「っていうか、おまえ、今日どうやって部屋から出たんだ？」

人型であればマンションの玄関で管理人に不審者扱いされたはずだ。獣型ならばペットが外に出ていると律に連絡が来ているだろう。

『ああ、そんなことか。決まっているだろう。そこの窓から出た』

しれっと言われて目眩がした。

「窓からって……誰にも見られなかっただろうな……」

律の部屋は五階で、道路までは十五メートルほどの高さがある。まさか人型でそこから飛び降りたとは思いたくないが、魔族ならばなきにしもあらずだ。もしも誰かに見られでもしていたら確実に飛び降り自殺の瞬間だろう。

『心配するな。獣型で下りたし、下にはランドセルとやらを背負った子どもしかいなかった』

「思いっきり見られてるじゃないかっ」

『子どもは喜んでいたぞ。狼だとか、かっこいいとか言われて少し照れ臭かったが――』

「喜んでる場合かっ！」

『律。さっきから何をそんなに怒っているのだ。私はおまえの怒っているより顔より笑っている顔の方が好きだから笑ってくれ』

「なっ……」

言われて顔がかっと赤くなった。

聞いている方が恥ずかしくなってくるような台詞《せりふ》をさらりと吐かれ、不覚にもときめいてしまった自分が嫌になってくる。しかも、その台詞を吐いたのは犬なのだ。

おまけにゴンタはなぜ自分が怒られているのかちっともわかっていない。きょとんとした表情で首を傾げているゴンタを見ていると、怒る気も失せてくる。犬の姿でそれをされるのだからなおさらだ。

「この野郎……あざといかわいらしさ見せやがって……」

思わず毒づくと、ゴンタが不満そうに鼻を鳴らした。

『そもそもおまえは外に出るなと言うが、この狭い小屋にいると気が滅入るから仕方あるまい』

「小屋って言うなっ、小屋ってっ。これでも家賃七万円もするんだぞっ」

それでもまだ安い方だと言い、律はゴンタの顔を両手で挟み込んだ。

「とにかく！　二度と勝手に外に出るな！　それから俺の仕事の邪魔をするな！　わかったな！」

わかったと口にしたものの、おそらく、いや、絶対にこの自称『魔王』はまた勝手に部屋を抜け出すに違いない。周辺の小学生の間にこのマンションの五階に黒い狼がいるという噂が立つ日も近いような気がする。

「ったく……居座るならせめておとなしくしといてくれよ……」

床に寝そべってあくびをしている大型犬を見下ろし、律はげんなりとそうぼやいた。

3

その日の夜遅く、律は近くにあるコンビニエンスストアまでゴンタを連れて出かけた。

風呂上がりに冷蔵庫を開けてみたら牛乳がなくなっていた。おまけに棚の上に置いておいた食パンが一枚もない。確か買っておいたはずなのにと思っていると、ゴンタがふいと目をそらした。

「おまえ……俺の食パン、全部食ったな？」

『以前から思っていたが、この世界の食べ物は美味いな、律』

「感想はどうでもいいから素直に食べてしまってごめんなさいと言え」

『……私が食べた。すまない』

素直に謝罪をしたゴンタをじろりと睨み、律は壁に掛けているリードを手に取った。

「仕方ないな。コンビニに行くついでに外に連れてってやるよ」

『それは「散歩」というやつか？』

犬らしくパタパタと尻尾を振って近寄ってきたゴンタを黒い革のリードに繋ぐ。

「散歩の間おとなしくしてたらご褒美に何か買ってやるよ」

そう言ってゴンタの頭を撫で、律は部屋を出た。

エレベーターを降りて管理人室の前を通ると、ガラス扉の向こうに白髪頭の老人がいた。普段からテレビばかり見ているその管理人がちらりとゴンタに目を向けてくる。真っ黒な大型犬に毎回ぎょっとした表情を見せるものの、別に何かを言われることもなかった。

そうしてマンションの敷地を出て通りに向かっていると、横を歩いているゴンタがぼそりと呟いた。

『律、いつも思うのだが、これは何とかならないのか』

「これって？」

『この紐だ。この姿はとてつもなく屈辱的だ』

「屈辱的？　何で？」

『魔王の私をこのように紐で繋ぐなどあり得ないことだぞ。万死に値する』

「万死って大げさな。仕方ないだろ。おまえの大きさだとリードを付けなきゃ歩いてる人がびっくりするし」

『しかし、これではまるで――』

「文句があるなら部屋に戻すぞ」

言った途端に口を閉ざしたゴンタにふんと鼻を鳴らし、律は公園に向かって通りを歩き始めた。

ゴンタは屈辱的かもしれないが、律は楽しくて仕方がなかった。律にとって犬の散歩は子どもの頃からの憧れだったのだ。

公園に向かう通りは、ちょうど散歩タイムなのかあちこちに犬を連れた人の姿があった。マンションが多い土地柄だからかもしれないが、そのほとんどが小型犬でゴンタのような大型犬を連れているのは珍しい。

しかも中身はともかくゴンタの見た目はオールブラックシェパードで、律にぴたりと寄り添って歩く姿は躾《しつけ》が行き届いた善い犬だ。訓練された警察犬のように見えるのか、時折聞こえてくる「かっこいい犬」という賞賛の声は結構気分がいい。

そんなこんなで我知らず笑みを浮かべていたのだろう。隣を歩いているゴンタが訝るような視線を向けてきた。

『随分と楽しそうだな、律。さっきから顔がにやけているぞ』

「まあね。ちょっとした優越感っていうか――」

『おまえは私を紐で拘束して歩くと優越感に浸れるのか？』

「そうじゃなくてだな……」

『悪趣味に感じるが、おまえがそれで気持ちがいいというのなら仕方あるまい。少しくらいならおまえの嗜虐趣味に付き合ってやってもいいぞ』

「あ……あのなっ。そういう変態ちっくな言い方すんなっ」

『間違っていないだろう』

確かに間違っていないが、言葉にされるとどうにも語弊がある。肩をすくめつつ店の方向に向かっていると、道の真ん中でゴンタがふと立ち止まった。

『律、コンビニという場所に行くなら私も一緒に入りたい。おとなしくしていたら褒美をくれるのだろう。欲しいものがある』

「たくさんはだめだぞ」

『欲しいのはあの細長い形のパンとやらだ』

「細長いパンって、コッペパンか？」

尋ねるとゴンタが視線だけで頷いた。

その店ではホットドッグ用のパンが三本入って百円で売られている。意外にもゴンタはそれが好物だった。

「おまえさぁ、魔王のくせに案外しょぼいものが好きだよな。もっと他に食べたいものってないわけ？」

『別に本来の食事をしてもかまわないが、そうするとこの街から人が消えるぞ』

物騒なことを口にしたゴンタの瞳が獰猛《どうもう》な光を帯びる。唐突に魔族としての本性を見せられ背筋がぞっとした。

魔族は生き物の命を奪い魂を喰らう。魔界を統べる魔王というからには、ゴンタもおそらくそれが本来の姿なのだろう。普段のすっとぼけた言動と大型犬のような見た目にごまかされがちだが、ゴンタは紛れもなく魔族であり魔王なのだ。

　律の本能がゴンタを危険なものと見なしたのかもしれない。我知らず距離を置こうとしていた律に、ゴンタが小さく声を上げて笑った。

『怯えるな、律。今は人の魂を喰らうほど飢えていないし、私は下級魔ではない』

「それってどういうこと？」

『下級な魔物は生き物の魂や血肉を喰らわねば生きていけない。私はそういう下級魔ではないし、よほどのことがない限り人の魂など喰わない。それに、おまえの側にいてもあまり人間の毒気を感じないから、そう腹も空かない。あれが好きなのはこの世界で最初に口にしたものだからだ』

「最初に口にしたもの？」

『ああ。人間の毒気に当てられてどうしようもなく弱っていた時に、おまえが私に与えてくれただろう』

「それって給食の残りのコッペパンか？」

『そうだ。あれはとても美味かった。私にとって忘れられない味だ』

　目を細めて律との思い出を語るゴンタを見ていると、何となく照れくさい気分になってくる。思わず目をそらすと、ゴンタがふんと鼻を鳴らした。

『あの時は弱っていた上に相当飢えていたからな。もしもおまえがやってこなかったら、私は下級魔のようにあのガキどもの命を奪って魂を喰らっていたところだ』

「だからそういう物騒なことを言うなって」

あの時子犬の姿だったゴンタを追い回していた同級生たちは、まさかその子犬が魔界の王だなどと思わなかっただろうし、ましてやその子犬に襲われるとは想像もしなかっただろう。何はともあれ、偶然でもあの場にいてよかったと律はほっと胸を撫で下ろした。

やがて野球のグラウンドが併設されている公園に入った律は、敷地の片隅にある藤棚に向かった。

一応そこかしこに街灯がついているものの、夜間になると奥まった場所にある藤棚周辺にはさすがに人がいない。律はそこの柱の陰にゴンタを連れていった。

「ほら、ここでなら人型になってもいいぞ」

言い終わると同時にゴンタの体が光彩に包まれる。黒いスーツ姿の男がその場に現れたのだが、何とも言いがたい違和感に律は眉根を寄せた。

人型になったゴンタは相変わらずぞくぞくするような艶のある男だった。玄人臭い漆黒のスーツもよく似合っている。唯一の違和感は、褐色の肌にぴたりと沿うように嵌められた真っ赤な首輪だった。先ほどまで獣型で散歩をしていたため、黒い革のリードもそこからぶら下がったままになっている。

「何て言うか、ある意味ヤバイ姿だよな、これ……」

黒いスーツを着た男が、首輪を嵌められリードに繋がれて若い男に夜の公園を散歩させられてる。これでは誰がどう見ても倒錯的な趣味がある二人にしか見えないではないか。

急いでリードを外し首輪も外そうとすると、ゴンタが「それはいい」と律の手を押さえた。

「でもそれ絶対変だろ。首輪を嵌めたスーツの男って、ただのヤバイやつにしか見えないし」

「何を言っている。これはおまえが私に贈ってくれたものだ。おまえから貰った愛の証を外すわけにはいかない」

「愛の証って……あのなっ……」

確かにこの首輪は律が買ったものだった。犬のゴンタを外に連れ出すにはやはり首輪がいるだろうと思い、駅前のペットショップで買ってきた。黒い毛並みに赤というのもどうかと思ったが、小さなペットショップだったためにゴンタに合うサイズがこれしかなかったのだ。

買って帰って着けてみれば案外似合っていたため、そのままにしている。

この首輪をどう思ったのか知らないが、ゴンタはずっと着けたままにしていた。ただ、獣型の時だけならまだしも、人型になっても外そうとしないのが困りものなのだ。

今日、唐突に鈴村の前に現れた時も首輪はしっかり首に嵌まっていた。おかげで鈴村に妙な誤解を与えたままになっている。

愛の証か何だか知らないが、一見すると三十過ぎの男の首に真っ赤な革の首輪が嵌まっているのは違和感どころの話ではない。せめて人型で出歩く時くらいは外してほしいのだが、ゴンタは『律からの愛の証』をかたくなに外そうとしなかった。

「おまえにも必ず私からの愛の証を与えるから楽しみにしておけ、律」

首輪の礼を必ずするとゴンタは言うが、魔王を称する男にいったい何を贈られるのかと思うと不安でいっぱいになってくる。黒ミサに使うような何だかわからない動物の骨や、トカゲの黒焼きを貰っても全然嬉しくない。

公園の向こう側で煌々と明かりを照らしているコンビニエンスストアに向かって歩きながら、律は何だかんだでこの魔王に翻弄されている自分にひっそりとため息をついた。

＊＊＊

人型になったゴンタをつれてコンビニエンスストアに入った律は、そこで明日の食パンと牛乳、それと一袋三つ入りのコッペパンを籠に入れた。ついでに新商品だというカップ型のケーキも買う。支払いの際、「スプーンはいくつご入り用ですか」と尋ねられたが、店員の視線は律ではなく隣にいるゴンタの首輪に向いていた。

「律。この丸い茶色の物体は何だ。とてもいい香りがするが食べ物か？」

興味があるのか、ケースの中の唐揚げを眺めていたゴンタが会計をしている律の手を引く。

「律、これも欲しい。命令通り言うことを聞いただろう。褒美にこれも与えてくれ」

完全に語弊のある言い方をしたゴンタを、店員がますます興味津々といった目で眺める。それに引き攣り笑いを浮かべて会計を済ませた律は、まだ物欲しげに揚げ物が入ったケースを眺めているゴンタを引きずるようにして店を出た。


「おまえのせいで二度とあそこのコンビニに行けなくなったじゃないかっ！」

店から逃げるように出てきた律は、通りで思わずゴンタを怒鳴りつけた。

「行けない？　なぜだ？」

悪びれもせずに問い返したゴンタをじろりと睨み上げる。

「おまえがその赤い首輪をしてわけわかんないこと言うからだよっ」

きっとあの店員はゴンタと律のことを『赤い首輪を嵌めたM男とそのご主人様』と認識したに違いない。今頃は、あることないこと好き勝手に噂をされていることだろう。

「もう勘弁してくれよ……」

「私がおまえからの贈り物を身につけていると困ることがあるのか？」

「だからそういうのじゃなくて……」

言いかけたもののこれ以上この常識の通じない魔王に何を言っても無駄だと思い、律は口を噤《つぐ》んだ。

とにかく明るい大通りを歩けば赤い首輪のゴンタは悪目立ちをする。どうせマンションに帰るまでに獣型に戻ってもらわなければならないため、律は先ほど来た公園を抜ける道へと向かった。

パンや牛乳が入った袋を片手に歩いていると、横にいるゴンタがふと立ち止まった。

「律」

「何？　まだ何かあるのか？」

「もう少し散歩がしたい」

「はあ？」

「人型でおまえとこうしていられるのは夜の散歩の時だけだ。あの部屋に戻れば私は獣型にならなければいけないのだろう。ならばもう少しだけこのままでいたい。おまえと同じ目線でこの世界を見たい」

それはゴンタにとって何気ない言葉だったかもしれない。けれど、律はその何気ない言葉が胸に刺さった。

律とて人型のゴンタといるのは嫌ではない。こうして人型になったゴンタと歩いていると、心の奥に閉じ込めている孤独感が少しばかり軽減される気がする。ただ、この色気がありすぎる男が横にいると、妙な気分になってくるのが困りものなのだ。外ならまだしも、部屋の中という密室にいればなおさらだった。

ことあるごとにゴンタはあの艶っぽい声で「交わりたい」と囁きかけてくる。声にもフェロモンというものがあるのかと思うくらい、ゴンタの声は律の性的衝動を揺り動かしてくれるのだ。

獣型であればこそ自制が利くが、人型で囁かれ続けてはそのうちほだされて体を開いてしまう予感しかない。

性経験がない律でも、セックスがどういうものかくらいわかっている。むろん男同士での性行為がどういったものなのかもだ。

自分がゴンタに――男に抱かれる――。

同性愛者ではない律にとって、想像も経験もしたくないことだ。ただ、拒絶するたびに寂しそうな顔をするゴンタを見ると胸がちくちくと痛んだ。同情で抱かれてやる気はない。とはいえ、繁殖期だというのに強固な自制心でもって律に紳士的に振る舞おうとするゴンタに妙な罪悪感を覚えるのもまた事実だった。

「散歩、もう少しだけするか?」

このまま部屋に帰るのも酷かと思いそう尋ねると、ゴンタが笑みを浮かべて頷いた。その笑みにさえときめいてしまう自分が本当に嫌になってくる。複雑な自分の感情を持て余しつつ、律はゴンタと一緒に公園に入っていった。

この公園は民家やマンションが建ち並ぶ辺りへの抜け道になっているため、通勤通学のラッシュ時には結構な人数がここを通り抜けていく。帰宅時も同じような光景だが、さすがに夜遅くになると格段にその人数は減っていた。

空には薄っぺらい月が浮かんでいる。二週間もすれば満月になるだろう。空に浮かぶ丸い月を見ると、やはりゴンタも遠吠えをしたりするのだろうか。そんなことを思いつつ遊具が少ない公園を歩いていると、ゴンタが律が手にぶら下げている袋を指さした。

「ところで、律。さっきのケーキとやらは美味いのか？」

「ん？　ああ、あれ？　最近のコンビニスイーツって結構いけるんだよ。今年のモンブランは和栗だって聞いたから食べてみようと思ってさ」

「もんぶらんとは、私も食べられるものか？」

「まあ、甘いものが嫌いじゃないんだったら大丈夫だろ。何ならちょっと食ってみるか？」

街灯に照らされた公園のベンチに向かった律は、そこにゴンタと並んで座り買ったばかりのカップ型ケーキを袋から取り出した。

スプーンを突っ込んでクリームを掬《すく》うと、隣にいるゴンタが口を開ける。いつもの調子で口元にスプーンを持っていきかけ、慌てて手を引いた。

「人型なんだから自分で食えっ」

「別にかまわないではないか。人型だろうが獣型だろうが私は私なのだぞ」

「そういう問題じゃない」

ゴンタにスプーンごとケーキを押しつけ、律はそっぽを向いた。

どうしていい年をした男相手に「あーん」をしてやらなければならないのだ。これこそ誰かに見られたら誤解を招く。

「ったく……調子が狂うな……」

不思議そうな面持ちでケーキを眺めているゴンタにため息を一つくれ、律は公園の出入り口に目を向けた。

ちょうど電車が到着したのか、駅前の通りからぽつぽつと人が歩いてくる。家路に向かうスーツ姿の会社員たちが公園を通り抜けていく様子を見るともなしに眺めていた律は、その中に見知った顔を見つけた。向こうも律に気がついたらしく、笑みを浮かべながら近づいてくる。

「あら、律じゃない。どうしたの、こんな時間に」

ふわりとした笑顔を向けられ、律は軽く手を上げた。

「母さんこそ、こんな遅い時間に珍しいね。今日は出かけてたんだ？」

「そうなのよ。今日はね、お仕事の打ち合わせで遅くなったの」

少女めいた口調でそう言ったのは、近くに住んでいる母の恵麻《えま》だった。

小柄で華奢《きゃしゃ》な宇佐美恵麻は、五十を過ぎているはずなのにいつまでたっても少女のようなかわいらしさを持っている。摑みどころのないふわふわした雰囲気は昔からちっとも変わらず、今日もいったいどこで買ってきたのやら、両手で大きな犬のぬいぐるみを抱えていた。

「母さん、それ何？　買ったの？」

「これ？　駅前にクレーンゲームがあるじゃない？　帰りに見つけてね、すごくかわいかったから頑張って取ってきちゃった」

「一発で？」

「そんなわけないじゃない。結構かかっちゃったわ。それで余計に遅くなっちゃったの」

のほほんと言うが、このぬいぐるみを得るのにいくら金を突っ込んだのか聞く気も失せてくる。不器用な母のことだから、きっと相当な額を投入したに違いない。昔からどことなく浮き世離れしている母なのだが、楽しそうにしている様子を見ているのは嫌いではなかった。

父がずっと海外で仕事をしているため、子どもの時から母と二人だけの生活だった。父の記憶も一応うっすらとあるものの、実のところ顔もほとんど覚えていない。父を思い出させるものは、なぜか魔界との扉となっているあの小さな懐中時計だけだ。律にとって親と呼べるのは母だけで、父はいないも同然だったのだ。

「ねえ、律。そちらの方はどなた？」

ふいに尋ねられ、ゴンタが横にいたことを思い出した。

目を向けると、ゴンタがカップに入ったモンブランを不器用にスプーンで穿《ほじく》っている。一心不乱にケーキと格闘している首輪を嵌めた黒ずくめの男を母はいったいどう思っただろうか。

何か言い訳をと思っていると、恵麻がにっこりと笑って言った。

「もしかすると律のカレシさん？」

「は？　カ……カレシっ？　違うっ、カレシじゃないっ！」

「あら、そうなの？　あなたが誰かと一緒にいるなんて珍しいから、てっきりお付き合いしている方だとばかり――」

「いや、違うしっ！」

息子が男と一緒にいれば、友達か仕事関係かのどちらかだと思うのがごく一般的だろう。それを『カレシ』と言うあたり、この母はどうも感覚がずれている。

「律、そちらのご婦人は母御か？」

ようやくケーキを食べ終えたのか、ふいにゴンタが顔を上げた。そのまますっくと立ち上がったと思いきや、恵麻に向けて海外の貴族などがするような見事なお辞儀をしてのける。ボウ・アンド・スクレイプという右手を胸に添えて頭を下げるキザなポーズは、エキゾチックな風貌のゴンタに似合いすぎるほど似合っていた。

「律の母御には初めてお目にかかる。魔界より律を伴侶にと求めてやってきた。人間に真名は名乗れぬがゴンタと呼んでもらえると嬉しく思う」

異国情緒たっぷりの見た目の雰囲気と洗練された所作は文句のつけどころがない。だが、言っていることは支離滅裂だった。しかも右手にスプーン、左手には食べ終えたケーキのカップを持ったままという何とも間抜けな格好だ。いくら母の感覚がずれているとはいえ、さすがにこれはおかしいと思ったに違いない。

「あのさ、母さん。ゴ……ゴンタさんは外国人で日本語をちょっと変な覚え方してて――」

「素敵な方ねぇ、律」

必死で言い訳の言葉を探していると、恵麻が満面の笑みを浮かべて言った。

「はぁ？　素敵？　誰が？」

「ゴンタさん。礼儀正しいし、声も素敵。それにゴンタさんって、何となくあなたのお父さんに雰囲気が似ているわ」

「私が律の父御に似ていると？　それは光栄なことだ」

二人は楽しそうだが律は複雑な気分だった。

海外に行ったきりで顔も覚えていない父とゴンタが似ていると言われても、喜ばしい気持ちなど欠片も湧かない。父もまたゴンタのように今ひとつ会話が成り立たない変人なのかと思うと、会いたいと思う気持ちも失せてくる。

「律は覚えてないかもしれないけど、シゲゾウさんはすごくイケメンなのよ。お母さん、シゲゾウさんがあまりに素敵すぎて一目惚れしちゃったんだもの」

そんな風にのろけられても、シゲゾウという名から素敵なイケメンが全く想像できない。とはいえ、律自身も自分の見た目はそう悪くないと思っているくらいだから、父もそこそこいい男ではあるのだろう。

「そうそう、ちょうどいいわ。律に言っておかないといけないんだけど――」

ふいにそう切り出され、律は首を傾げた。

「お母さんね、引っ越しするのよ」

「は？　引っ越し？」

「ほら、この前何とかっていう賞をいただいたじゃない？　それでお金がたくさん入ってきたのね。今のマンションだと少し狭くてこういうかわいいぬいぐるみも置けないでしょ？　シゲゾウさんも大きな人だし、いつ帰ってきてもいいように広い場所に引っ越そうと思って」

「へえ……そうなんだ」

「中古なんだけどとっても素敵なの。改修が終わったら遊びに来てね」

言うだけ言った恵麻がぬいぐるみを抱えて公園を抜けていく。その背を見送りながら、律は大きく息をついた。遊びに来いと言いつつ、どこに引っ越すのか言い忘れて行ってしまうあたり、母はやはりどこか抜けている。

「何て言うか……相変わらずな人だよな……」

「随分とかわいらしい母御だな、律」

「まあね……」

苦笑交じりのゴンタが何を言わんとしているかわからなくもない。言動が支離滅裂なゴンタでさえ毒気を抜かれたような顔をしているのだから、母のずれた感覚は相当なものだ。息子の律は慣れているが、母と仕事をしている関係者はかなり困っているのではないかと思うことがある。

ただ、のんびりした雰囲気と少女めいた外見とは裏腹に、宇佐美恵麻は著名な作家だった。先日も何やら大きな賞を貰ったらしく、その作品が来年映画化されるという。

マスメディアに姿を見せないためこうしてのほほんと道を歩いているわけだが、案外有名人でもある恵麻は律にとって自慢の母だ。

子どもの頃、魔物が見えると言った律を否定しなかったのも母だった。「それは素敵なことよ」と笑って言ってくれた母がいたからこそ、律は孤独に過ごした子ども時代を耐えることができたのだ。

その母と律を残して父はずっと海外で仕事をしている。ろくに連絡もよこさず、いつ帰るとも知れない父のために母は広い部屋に引っ越すと言う。帰ってきたら父には文句の一つどころか十も二十も言ってやりたい気分だ。

「律、どうしたのだ。さっきから恐ろしい顔をしているぞ」

「え？　ああ……うん。ちょっと考えごとしてた……」

「殺したい相手でもいるのか？　だったら私が手伝って——」

「いらないっ！」

最後まで言わせることなくゴンタの迷惑な申し出を断り、律はげんなりとため息をついた。なぜ怒られているのかわからず小首を傾げているゴンタをちらりと見やり、いつもの藤棚に向かう。

「律、もう帰るのか？」

「うん。もういいだろ？」

「獣型に戻る前に少しだけ——いいか？」

何がと問う前に腕の中に抱き込まれた。

「ちょ……ゴンタっ、何する――」

「少しだけだ。少しだけ人型のままおまえに触れさせてくれ」

誰かに見られたら困る。そう思いながらも抱擁を拒めなかった。

「律……おまえの匂いがする……あの時と同じ匂いだ……」

髪に顔を埋めながらゴンタが囁く。艶めいた声が耳に染み入るように入り込み、気が騒いだ。

ざわざわと心を揺り動かすこの気持ちはいったい何なのだろうか。もっと触れてほしい。もっと触れていたい。そう思ってしまうこの気持ちはいったい何なのだろう。

「律……もっとおまえに触れたい――」

ゴンタの唇が耳に触れる。耳朶をそっと甘噛みされ、体の芯が疼いた。

背を抱く手から体温が伝わる。耳にかかる吐息が、鼻腔をくすぐる甘い香りが、頬に伝わる肌の感触が、見つめてくる熱っぽい視線が、それら全てがおまえが欲しいと律に訴えかけてくる。

その気持ちは何もゴンタだけではなかった。

ゴンタの欲望に律の心も反応していた。この男が欲しいと律の魂が叫んでいる。

「ゴンタ……」

そのまま背に腕を回しかけ、直前で踏みとどまった。ゴンタの体をそっと押し返し、小さく首を横に振る。

「だめだ。これ以上はだめだから……」

「律……」

名残惜しげに律の名を呼ぶゴンタの声があまりに切ない。それが自身の欲望を必死で抑えようとしているように聞こえ、思わず目をそらした。これ以上ゴンタの目を見ていると、越えてはいけない一線を越えてしまいそうになる。

「帰ろう、ゴンタ」

あえてぶっきらぼうに言うとゴンタが「わかった」と返事をする。

藤棚の柱の陰で律は少し前屈みになったゴンタの首輪にリードを繋いだ。

このまま人型のゴンタと並んでマンションに帰れるといいのに――。

ゴンタが獣型に戻る直前、ふとそう思ってしまった自分に不思議な感じがした。

「どうしたのだ、律？」

「ん？　ああ、何でもない」

律の言葉に首を傾げつつ、ゴンタが人型から獣型に変化する。真っ黒な大型犬に戻ったゴンタと歩きながら、律は先ほどの自分の行動を頭の中で反芻《はんすう》した。

抱き締められて体が熱くなった。もっと触れたいという囁きにもう少しで流されてしまうところだった。

自分は獣型のゴンタをペットとして飼いたいのだろうか。そう自問し、首を傾げる。

確かに犬は好きだ。けれど、ゴンタに対する思いはそれではないような気がした。ペットの犬としてではなく、人と変わらぬ姿をしたゴンタと一緒にいたい。なぜかそう思い始めている自分がいる。

「まさか……」

きっと母にゴンタのことを『カレシ』と言われて動揺してしまったのだろう。恋愛感情が希薄な自分が誰かを——ましてや同性を好きになるなどあり得ない。

きっと気のせいだ。自分にそう言い聞かせながら律は夜の通りをゴンタと並んで歩いていく。心に渦巻く靄は、律の中で少しずつ複雑に、そして大きくなっていこうとしていた。

4

数日後、律は鈴村不動産から依頼の電話を受けて駅前の事務所に向かった。

鈴村不動産は最寄り駅近くの雑居ビルに事務所を構えている。店に入り、壁に掲示されている物件情報を眺めていると、奥からコーヒーカップを持った鈴村が姿を現した。

「ああ、宇佐美さん、先日はどうも。おかげさまで妙な現象はなくなったみたいです」

「いえ。あれくらいはそうたいしたことないんで——」

「いやあ、宇佐美さんは仕事が速くて助かりますよ。ところで、この前のゴンタさんでしたか、あの方はお弟子さんで？」

「え？　あ、いや……別に弟子ってわけじゃなくて……その……」

「ああ、なるほど。やっぱりそういうことですか。いやいや、野暮なことを聞いて失礼しました。まあ、今時そういう関係もありだと思うんで」

あっけらかんと笑う鈴村に律は引き攣った笑みを浮かべた。

どうやらゴンタとの関係は誤解されたままのようだが、幸いにして鈴村はあまりそういうことに頓着する質ではないらしい。それ以上何かを尋ねられることもなく奥のテーブルに通され、書類を渡された。

「それで、そこが今回お願いしたい物件なんですけどね」

束ねられた書類の一ページ目に貼り付けられていたのは、見覚えのある洋館の写真だった。

「ここって……」

色あせた赤い屋根に、錆びた風見鶏。そして正面玄関の真上にある青い薔薇のステンドグラス。記憶にあるこれは、間違いなく子どもの時に住んでいた街にあったあの洋館だ。

「鈴村さん、この洋館って売りに出されたんですか？」

「え？　この物件、知ってるんですか？」

「俺、昔この辺りに住んでたんです。この家、子どもの頃からずっと空き家で、同級生が探検したりしてて」

「ああ、そうだったんですか。ここね、遺産相続の関係でちょっと前に売りに出されたんですよ。実はもう買い手もついてるんですが、ちょっと問題がありまして……」

「まあ、俺にお呼びがかかるってことは、妙なことが起きてるってことですよね」

「ま、そういうことです、はい」

苦笑した鈴村に頷きかけ、律は書類に目を通した。

律が小学生の時に既に空き家だった洋館は、写真を見る限り昔以上に朽ちている気がした。

錆び付いていた門扉は完全に腐り落ちて石造りの柱に立てかけられている。そこに立ち入り禁止と書かれた柵が置かれているのだが、そんな柵がなくてもこの洋館に足を踏み入れる気など起きないだろう。

「昔もたいがいボロボロだったけど、こんな風じゃなかったよな……」

この洋館は初めてゴンタと出会った場所でもあった。

あの時も庭は雑草だらけでうっそうとしていたし、門扉もかなり錆びていた。けれど、ここまで酷い有様ではなかった気がする。

写真を見ているだけでも表現しがたい嫌な雰囲気が伝わってくる。それに眉根を寄せつつさらに書類をめくると、ここで起きた超常現象の概要が書かれてあった。

つい先日、廃墟探検と称してこの洋館に入り込んだ高校生がいたらしい。そして、中に入った全員がどこかしらに怪我をした。階段から落ちた者と倒れてきた書架の下敷きになった者は、古い家だし床が抜けるなどしてそういう事故もあるかと理解できる。だが、いきなり強い力で中空に撥ね飛ばされて骨折したというのはいただけなかった。

病院に搬送された際、彼らは白髪の男に襲われたと口を揃えて証言したらしい。病院ももしかすると事件かもしれないと警察に通報をした。だが、通報を受けてやってきた警察は、彼らの言い分を一笑に付した。

念のため現場を見に行った警察官たちが言うには、そこに不審者らしき者は見当たらなかった。階段も床もほとんど朽ちておらず、彼らが暗闇でカーテンか何かを見間違えてパニックになったのだろうとのことだった。

「まあ、怪異はこれだけじゃないんですけどねぇ……」

誰も居ないはずの屋敷にいきなり明かりが灯ったり、時折中から犬の遠吠えのような声が聞こえてきたりもするらしい。

「ああ、たぶんいますね、これ」

「やっぱりいますか……」

あえて何がと互いに口にせず、律は出されたコーヒーを口にした。

「もしかすると面倒なのが棲み着いちゃってるかもしれないです」

写真で見ただけでも相当嫌な気が伝わってくるのだ。実際に現地に足を運んでみなければわからないが、かなり力のある魔物が棲み着いていると思っていいだろう。

「時間、かかりそうですかねぇ？」

「急ぎなんですか？」

「先方にできるだけ早くって言われてまして」

「もしかして取り壊しちゃうんですか、ここ」

尋ねると、鈴村が「どうですかねぇ」と肩をすくめた。

「個人情報なんで詳しいことは言えないんですが、とある個人企業さんが購入されたんで、もしかすると解体してマンションにしてしまうかもしれないですねぇ。ただ、立地がねぇ……」

坂の一番上にあるこの場所は、見晴らしはいいものの、駅からは遠く、近くにスーパーはおろかコンビニエンスストアひとつない。敷地も中途半端でマンションを建てるには狭く、一軒家を建てるには広すぎるといった具合だ。おまけに広い道路から少し入り込んだ場所にあるせいで、夜になると極端に暗くなり、仮に女性が一人歩きするとしたらかなり物騒でもある。

ただ、朽ちてきてはいるが、洋館そのものは美しい造りだと思った。横浜や神戸などにある異人館を彷彿とさせるそれは、どうやらどこかから移築されてきたものらしい。色はくすんでいるものの赤い屋根瓦と石造りの壁が印象的で、玄関にある青い薔薇模様のステンドグラスも、磨けば相当美しくなるはずだ。新しい持ち主がこのまま取り壊さずにいてくれるといいのだが、それにはかなり手入れをしなければならないだろう。

取り壊すにせよ修理をするにせよ、ここに魔物が棲み着いているのならばまずはそれを排除するのが先決だ。でなければ、改修工事を請け負った業者に負傷者が続出する。負傷者だけで済めばいいが、死人でも出た日には目も当てられない。

「まあ、なるべく早くってことでお願いできませんでしょうか」

「わかりました。今日にでも現地に行ってみます」

＊＊＊

夕方、洋館の下見を終えて家に帰ると、ゴンタがいつものクッションの上に寝そべっていた。律の姿を見た途端、尻尾を振りながら近づいてくる。

『今日は早かったのだな』

言われて壁の時計を見上げると、六時を少し過ぎたあたりだった。

「おとなしくしてたか？」

『約束通り外には出ていないし食パンも食べていないぞ。ただおまえがいないと少し寂しい』

ゴンタの寂しいという言葉に、胸の奥がちりりっと痛くなった。

実際に飼われている動物たちはこうしてゴンタのように人語を話すわけではない。けれど、言葉を話せばゴンタと同じように置いていかれると寂しいと言うのかもしれない。

一瞬芽生えた罪悪感を振り払い、律はキッチンに向かった。

帰りに駅前のコンビニエンスストアで買ってきた弁当と、ゴンタの好物のコッペパンを袋から出す。先日食べ損ねたカップのモンブランは、今日はゴンタの分と二つ買っておいた。

「ゴンタ、飯にするか？」

冗談っぽく「ワン」と声を上げたゴンタに笑みを零す。こうしてゴンタと過ごす生活に慣れつつある自分に、律は何やら不思議な感じがした。


いつものように夕食を済ませゴンタと散歩に出てから律は風呂に入った。

あっさりとシャワーだけで済ませて部屋に戻ってくると、人型になったゴンタがソファに座って残りのコッペパンにかぶりついていた。

今朝、律はゴンタには自分が部屋にいる時だけは人型になってもかまわないと言った。外出している時に万が一誰かに見られては困るため絶対に獣型でいてもらわなければならないが、自分が帰宅してからならば別に問題はないだろうと人型になることを許可したのだ。

とはいえ、獣型ではなく人型になっているゴンタを見ていると、やはり気持ちがざわついた。異国情緒たっぷりの見た目をした男が脚を組んで座っている様子は、まるで来る場所を間違えた王子様のようにも見える。実際『魔王』という魔界の王なのだが、ガツガツとパンにかぶりついている姿は給食にがっつく小学生男子そのものだった。そこに王としての威厳は欠片もない。

「何て言うか……もうちょっと上品に食えないもんかな……」

どうやら人型になったゴンタは、食器をうまく使いこなせないらしい。スプーンやフォークは何とか使えるものの、箸などただの串だ。魔族の本来の食料は人間を含む生き物の魂だから、そもそも食器など必要ないのだろう。おまけにこちらにいる時のゴンタの好物は味気ないコッペパンとコンビニエンスストアで売っている唐揚げだ。しかもどちらも手掴みで食べられるもので、基本的に食器類は必要ない。もしかするとあちらの世界では獣型でいるのが基本形なのかもしれないと律は思った。

迷い込んだ魔物たちを元の世界である魔界に送り返してはいるが、そこがどういったところなのか律にはさっぱりわからなかった。懐中時計から見えるのは黒い渦だけで、そこに魔界の様子が映し出されることもない。律にとって未だ謎めいた場所のままだ。魔界という場所はいったいどういったところで、そこでゴンタたちはどういう生活をしているのだろうか。

そういえばずっとゴンタと呼んでいるが、ゴンタの本当の名前も知らなかった。「真名は教えられない」と言われてそれきりだ。それ以前に、魔物たちにそれぞれ個別の名前があるのかどうかすらも律にはわからなかった。

「なあ、ゴンタ。おまえたち魔族ってみんな名前があるのか？」

何気なく尋ねると、ゴンタがパンを咀嚼《そしやく》しながら顔を上げた。

「形もさだかではない下級魔には名がない」

律が普段相手にしている下級魔たちには名がないらしい。では――。

「じゃあ、おまえくらいなら？　魔王クラスは名前があるんだよな？」

言った途端、冷ややかな視線を向けられた。

「おまえは引っかけて私に真名を名乗らせるつもりか？」

「え？」

「全く油断も隙もないな。真名など教えられるわけがなかろう。真名を名乗ればおまえに支配されてしまうではないか」

確かに名は魔物を操るための重要な鍵でもある。魔物が祓魔師である律に真名を教えるのは、支配を受け入れると言っているのと同じことだ。

「いや、支配するとかしないとか、そういうつもりで聞いたんじゃなくて――」

「おまえが私の伴侶となってタマゴを産むというのなら教えてやってもいいぞ」

「だからタマゴなんか産めないって言ってるだろ。何回も言わせるな」

「全くおまえはなかなかに強情だな」

「どっちがだよ」

三本目のパンを袋から出したゴンタをため息交じりに見やり、律はベッドに横になった。

頭の中は昼間に見たあの洋館のことでいっぱいだった。

鈴村から鍵を預かった律は、久しぶりに昔住んでいた街を訪れた。

古い民家は軒並み取り壊されて真新しいマンションや分譲住宅が建っていた。街全体が整備されてすっかり雰囲気が変わってしまっていたが、坂の上にある洋館だけはそのままそこに建っていた。

赤い屋根の洋館は、実際に目にすると写真で見るよりも朽ちているように感じた。何より、建物全体を包み込んでいたのは闇のような邪悪な気配だった。律の祓魔師としての本能がここに近づくのは危険だと警鐘を鳴らしたくらいだ。

足を踏み入れることを躊躇《ちゅうちょ》するほどの嫌な気配に包まれた洋館を、律はただ茫然と見上げた。

ここには相当力の強い魔物が棲み着いている。

怪我をした高校生たちは『白髪の男』に襲われたと言っていたらしい。祓魔師として多くの魔物たちを封じてきたが、人型をした魔物とはあまり遭遇したことがなかった。全くいないわけでもないが、ほとんどがいびつな人型しか保てない。ゴンタのように完全な人型を保っていられる魔物は稀なのだ。

「面倒くさいことになりそうだな……」

ぽつりと呟くと、ソファに座っているゴンタがつと目を向けてきた。

「困りごとか、律」

「まあね」

「私にできることはあるか」

「そうだなぁ……」

問われて一瞬それもありかと考えた。

面倒な魔物が相手ならば、その魔物の頂点に立つ魔王の力を頼るのも手だ。しかし、それには相当なリスクが伴ってくる。

祓魔師は時に魔物を使役する。だが、そのためには魔物との契約が必要だった。

力を借りる代わりに魔物が望むものを与える。互いの利害が合致した時、祓魔師は魔物と初めて契約を結ぶのだ。

魔王であるゴンタの力を借りるのならば、それ相応のものを要求されるだろう。

ゴンタが律に望んでいることはただ一つ。律がゴンタの伴侶となりタマゴを産むということだ。それはゴンタとセックスをするということでもある。

「いや、無理だろ、無理っ。それだけは絶対無理！」

思わず叫ぶと、ゴンタが訝るように首を傾げた。それに何でもないと答え、律はごろりと寝返りを打った。

「魔王様か……」

魔界がどういうシステムで統治されているのか想像もつかないが、そこを統べる魔王がいつまでもこちらに留まっていていいものなのだろうか。

人間界にやってきたのは、自分のタマゴを産んでくれる伴侶を探すためだと言っていた。どうやらその伴侶を律と勝手に決めたらしいが、ゴンタの言うタマゴを人間の、しかも男である自分が産めるわけがないではないか。

「何もこっちで嫁探しなんかしなくたって、あっちで魔族の嫁さんを貰えばいいじゃないか」

魔王の嫁ならば引く手あまただろうにと思いつつ、律はゴンタを見やった。

獣型でいる時はシェパードに似た大型犬だが、人型になったゴンタは、艶のある黒髪と褐色の肌をした美丈夫だった。長身の部類に入る律よりもまだ頭半分ほど背が高い。人間ではあり得ない黄金色の瞳は黄玉《トパーズ》のようだった。そして、その黄金色の瞳を見ていると、なぜか体の芯がじくじくと疼き始めるのだ。

今は繁殖期に入っているとゴンタは言っているが、人間である律が魔族の繁殖期に反応するわけがない。にもかかわらず体がゴンタを求めて熱くなる。認めたくないが、ゴンタに対する性的な欲求をこらえきれなくなって風呂でこっそり自慰をしたのも一度や二度ではなかった。

自分が好きなのは犬のゴンタであって、断じて人型の——男の姿になっているゴンタではない。そう何度自分に言い聞かせても、一緒に過ごす時間が長くなればなるほどゴンタに惹かれていく自分がいた。

ただ同じ部屋で一緒に過ごしているだけだった。今日あった出来事を話し、くだらないことで笑い合い、散歩に出かけ、時に同じベッドで眠る。大型犬の姿になったゴンタが横で寝ていると安心するのか、そんな夜はよく眠れた気がした。ただ、朝起きたら人型に変化したゴンタに抱き締められていた時はさすがに驚いてベッドから蹴り落としてしまったが、不思議とそれを不快だとは思わなかった。

ゴンタの存在は律の心の中にある空洞を埋めてくれる。特別なことは何もしない。ただ側にいるだけで、孤独という名の大きな虚を塞いでくれるのだ。

律はゴンタが側にいてくれさえすればそれでいいと思っている。けれど、ゴンタは違う。繁殖期を迎えた魔族として、ゴンタは律を自分のタマゴを産んでくれる伴侶に求めているのだ。

繁殖期がどういうものか律には理解できないが、ゴンタは強い自制心で律に接しているように思う。時折物欲しげな視線を向けられるものの、ゴンタが無理矢理行為に及ぼうとしたことはなかった。口づけは何度もされているし抱き締められることもあるが、ゴンタがそれ以上の暴挙に出たことは一度もないのだ。

そして律が一番気になるのは、魔族がタマゴを産み、産ませるために人間と同じようなセックスをするのかということだった。

魔族には性別がなく、種を受け取った側が与えた側のタマゴを産むとゴンタは言っていた。種を受けるということは、やはりセックスをするということなのだろう。けれど、魔族はいったいどういう体の造りになっていて、どういう風に性行為を行うのだろうか。やはり人間と同じような性器がそこにあるのだろうか。

そういえばゴンタと再会した時に襲いかかられてとっさに股間を蹴り上げた。相当痛がっていたところを見ると、そこに人と同じような性器があると思っていいかもしれない。

何気なくゴンタの股間に目を向けた律は、慌ててそこから目をそらした。

さすがに獣型のゴンタとそういう行為をする気は起きないが、人型ならばどうだろうと一瞬でも思ってしまった自分が嫌になった。

確かに人型のゴンタは震えが来るような色気を放つ男だ。すっとぼけた言動はともかく、艶のある黒髪と黄金色の瞳にはつい見惚れてしまうし、あのスーツの下にある体はどうなっているのか気になると言えば気になる。だが——。

「何を見ている？」

ふいに声を掛けられ、びくっと体がこわばった。パンを片手に、ゴンタがこちらを見ている。

「どうした、律」

「えっ？　あ、いや……」

「さっき私を物欲しそうに見ていたぞ」

「ち……違うっ。見てないっ」

即座に否定したものの、自分でも声がうわずっているのがわかった。ゴンタもそれを感じたのだろう、パンをテーブルに置き、のそりとソファから立ち上がる。

「どうした、律。私が欲しいのか？」

「何言ってんだよっ。そんなわけないだろっ」

「本当か?」

尋ねるゴンタの口調が神妙なものになっている。そこに得も言われぬ性的な欲望を感じ、律はうろたえた。

大型の獣がゆっくりと近づいてくるような足取りに、本能的な恐怖を感じる。とっさに逃げようとした瞬間、大きな体にのしかかられベッドに組み伏せられた。

「ゴ……ゴンタっ……何する――」

「私が欲しいならば素直に言え」

「ほ……欲しいわけないだろっ……! 放せよっ!」

「そうなのか?」

真剣な表情を向けられ、律はごくりと喉を鳴らした。

「この前からおまえの様子がおかしい。おまえの魂が私を求めてずっと震えている。まるで繁殖期の魔族の気のようだ――」

「そ……そんなわけ――」

「私はおまえと交わりたいと思っている。おまえはそうではないのか? おまえの魂がこんなにも私を求めているのに、おまえは違うと言うのか――?」

艶っぽい声が耳をくすぐった途端、体の奥が一気に熱くなる。

違うと否定したかった。なのにその言葉を口にできない。理性よりも律の本能がこの男を求めて滾《たぎ》り始める。

「何で……」

自分で自分が理解できない。異性との性交渉は未経験にせよ、同性に恋愛感情を抱いたことなど一度もなかった。自分は同性愛者ではないと断言できるのに、体が目の前にいるこの男を求めて熱くなろうとする。

「律――」

名を呼ばれただけで腹の奥から甘い疼きが湧き出した。それに呼応するように律の性器がゆっくりと形を変えて勃ち上がっていく。

「おまえのここが私を求めて形を変えているぞ」

布の上から性器をなぞられ背がのけぞった。シャツをめくり上げられて慌てて起き上がろうとしたが、そのまま両手首をがっしりと押さえ込まれた。

「ゴ……ゴンタっ……」

「欲しいのだろう。素直になれ、律――」

耳元でそう囁いたゴンタが、胸元に唇を寄せた。律の両手を押さえたまま、淡い色をした突起に唇を押しつける。

「あっ……」

乳暈《にゅううん》をゆるゆると舐められた途端、背に快感が駆け抜けた。そのまま乳首をちゅっと吸い上げられ、腰が跳ね上がる。

嘘だと思った。女でもあるまいし、そんなところを愛撫されても感じるわけがない。そう思っていたのに、それを裏切るかのように胸元から甘い疼きが湧き出してくる。

「あ……、はあ……ぁ……」

自分が漏らした嬌声に羞恥心を揺さぶられ、律は唇を噛みしめた。

ゴンタの舌がそこを撫でていくたびに快感の熱がせり上がる。浅ましく勃ち上がってしまったものがズボンを押し上げているのが嫌でも伝わり、律は激しく身を捩《よじ》らせた。

「あっ……ぁ……は……」

ゴンタの柔らかな舌が乳暈を舐め、硬く尖ってしまった小さな乳首を突っつくように転がしていく。乳首を軽く甘噛みした直後にそこを強く吸い上げられ、たまらず嬌声を上げた。

「は……ああっ……！」

下着の中で性器が完全に勃起している。体を捩らせるたびに剝き出しになってしまった亀頭が布に擦れ、より強い快楽の嵐に苛《さいな》まれた。今まで感じたことのない深い愉悦が湧き上がり、そのまま達してしまいそうになる。

「律……おまえとこのまま交わりたい――」

耳元で囁いたゴンタの股間が太腿に触れた。硬くなったものの存在感が布越しに伝わり、体が火をつけられたように熱くなる。

恐る恐る視線を下に向けると、服の上からでもわかるくらいゴンタのそこが隆起していた。あの中で猛っているだろうものを想像しただけで血が滾り、後孔がひくひくと蠢《うごめ》き始める。

「何で……」

ゴンタを——いや、ゴンタとのセックスを求めて疼く自分の体が信じられなかった。

あれが欲しいと律の体が叫んでいる。硬く屹立したもので貫いてくれと、心と体の両方が訴えている。

「律——」

ズボンの中に侵入してきた手が直接性器に触れた。先端を手のひらで包み込まれ息を呑む。誰かに性器を触られたのは初めてだった。他人の手がそこを撫で回していく感触は、自慰よりもずっと強い快感を律にもたらした。

「は……あ……あっ、あっ……」

くびれをなぞっていく指の動きに煽られ、律の性器がぐんと反り返る。快感のあまり腰から下が蕩《とろ》けてしまいそうだった。

「あ……ぁ……、は……ああっ……」

自分が漏らす甘い声に酔いそうになる。このまま抱かれてしまえと思う気持ちと、抱かれることへの恐怖とが律の中でせめぎ合った。

この男が欲しい。魔族と交わるなどと馬鹿なこと言うな。

律の頭の中で本能と理性が激しく葛藤する。

「律……おまえが欲しい……」

完全に形を変えてしまった律の肉茎を愛撫しながらゴンタが囁いた。

神経を直接撫で回されるような艶めいた声に誘われて、本能が理性を凌駕《りょうが》してしまいそうになる。そのまま背に腕を回しかけ、その直前で律は小さく首を横に振った。

「だめだ、ゴンタ……」

拒絶の言葉を口にすると、ゴンタがふと顔を上げた。

「嫌なのか？」

嫌だと返事をしかけ、口を噤む。嫌ではなかった。正確に言えば怖いのだ。

セックスの経験がない上に、男の自分が男に抱かれるなど律にとって恐怖でしかない。しかも、ゴンタは人間ではないのだ。

今は人型をしているが、魔族であるゴンタの本来の姿は獣型かもしれない。魔族がいったいどういう風にセックスするかなど律にわかるわけがないし、もしかすると律の想像の範疇《はんちゅう》を超えるような行為かもしれない。そして、それを自分の体で実践されるのはたまらなく怖かった。

「怖いんだよ……」

「怖い？　なぜ？」

「だって……俺は人間で……おまえは魔族で……、それに俺、男だし——」

「酷いことなど何もしないぞ。前も言っただろう。魔族は性別などないし、おまえがオスだろうがメスだろうが関係ない。もちろん、おまえに合わせてこのまま人型で交わることもできる」

「でも……」

「人間と同じ交わり方もできると言っている。それでも嫌か？」

「それでも……」

もう一度「やめてくれ」と拒絶の意思を伝えると、ゴンタがふっと息をついた。律を押さえ込んでいた手を放し、ゆっくりと体を起こす。

「ゴンタ……？」

「わかった」

そう言った途端、ゴンタの体が光彩に包まれる。一瞬で大型犬に戻ったゴンタは、自分の寝床にしているクッションに座るとくるりと律に背を向けた。

「ゴンタ――」

『心配するな。もう何もしない。私が人型でいるとおまえが困るのだろう』

クッションの縁に顎を乗せたゴンタは、律と視線を合わせようともせずに言葉を続けた。

『無理矢理は好みではないし、おまえが嫌だと言うなら何もしない。繁殖期に我慢をするのは辛いが、おまえがタマゴを産む気になるまで待つくらいのことはできる』

「俺がずっとそんな気にならなかったら……？」

一瞬黙り込み、ゴンタはふっと息をついた。

『その時はその時だ。繁殖期が終わるが仕方あるまい』

繁殖期に入り、ゴンタは魔界から伴侶と決めた律を捜しにやってきた。その繁殖期とやらはいったいいつまで続くのだろうか。もしも繁殖期に伴侶に恵まれず、タマゴを産ませることができなければ、二度と自分の子は望めないということなのだろうか。

魔王というものが世襲なのかどうか知らないが、ゴンタは自分の子を望んでいる。ならば、素直に魔界で魔族の伴侶を探せばいいではないか。どうしてよりにもよって人間の、しかもタマゴを産める確率がゼロに等しいであろう男の自分なのだ。

「あのさ……伴侶っていうの、俺じゃなくて魔族の方がいいんじゃないのか？　子どもが欲しいんだったら確実にタマゴを産める魔族の相手を探した方が効率がいいって思うんだけど……」

言った途端、ゴンタの瞳がギラリと光った。激しい怒りをはらんだ瞳を目のあたりにし、思わず口を噤む。

『おまえは好きでもない相手と交わりたいと思うのか？』

「え……」

『人間は好きでもない相手でも欲望のまま交わることがあると聞くが、おまえもそうなのか、律』

「違うよ。そういう意味じゃなくて――」

『ならどういう意味だ。確かに今の私は繁殖期だが、タマゴを産ませるためにおまえと交わりたいと言っているのではないぞ。魔族だろうが人間だろうが、好きでもない相手と交わりたいと思ったことなど一度もない。私はおまえだから交わりたいし、おまえだから私のタマゴを産んでほしい。ただタマゴを産ませるためだけに交わるなど、名もない下級魔以下だ』

言葉のひとつひとつに憤りが垣間見え、律は返すべき言葉を失った。

タマゴさえ産ませられれば相手など誰でもいいだろう。先ほど自分が吐いた言葉は、ゴンタにそう言ったも同然だった。

律とて好きでもない相手と体を繋ぐような行為はしたくない。それは人間だろうが魔族だろうが同じなのだ。

「ごめん……そういうつもりじゃなかったんだ……」

『いい。気にするな。私も少し言い過ぎた』

「ゴンタ……」

『何もしないからもう寝ろ、律。明日も朝早くから仕事なのだろう。私もどこにも行かず部屋でおとなしくしている』

クッションに寝そべってそう言い放ち、ゴンタは体を丸めた。

しんと静まりかえった部屋に、ゴンタの息づかいがかすかに聞こえてくる。自分以外の体温で暖められた部屋が妙に息苦しく感じ、ベッドに横になった律は何度も寝返りを打った。

先ほど人型になったゴンタに舐められた胸がじくじくと疼く。性器も甘く勃起したままだった。

拒絶の言葉を口にしつつも、一瞬でもゴンタが欲しいと、このまま抱かれてもいいと思ってしまった自分の浅ましさが嫌になった。

魔族に性別はないと言うが、人型になればゴンタは紛れもなく男だ。魅力的な外見をした男とはいえ同性に欲情してしまう自分が律にはさっぱりわからない。ずっと気づかなかったが、もしかすると自分は同性愛者だったのだろうか。そう思い、いや違うと首を横に振った。

考えたところで答えなど出ないだろうことが頭の中でぐるぐると回る。

きっと今夜は眠れない。無節操に勃ち上がろうとする自分の性器に心の中で毒づきながら、律は体を丸くして目を閉じた。

5

ほとんど眠れずに朝を迎えた律は、早朝から依頼を受けた物件の魔物を祓いに出た。一件目はスムーズに終わったが、二件目の依頼が問題だった。

怪異が起きていたのは古いアパートの一室で、戸や窓を叩き続けるふざけた魔物はなかなか交渉に応じようとしない。どんどん攻撃的になる魔物を持て余し、律は仕方なくそれを消滅させることにした。

気が進まない方法で仕事を済ませて帰宅したのは夜の九時前で、部屋にたどり着いた時には精根尽き果てたといった状態だった。

風呂に入る気も起きず、そのままぱったりとベッドに突っ伏していると、獣型のままのゴンタが近づいてきた。

『大丈夫か、律。疲れているなら今日は散歩に行かなくてもいいぞ』

ゴンタはそう言うが、夕食も食べていなければ明日の朝食べる食パンもない。さすがに冷蔵庫に水と牛乳しか入っていないのはまずいだろう。

「大丈夫……コンビニに買い出しに行くから、散歩に連れて行ってやるよ……」

ボロボロの体に鞭を打ってゴンタをリードに繋ぎ、律はいつもの公園に向かった。

家を出た時に犬を飼いたいと思っていたが、それは自分が健康でいることが必須条件だと通りを歩きながら律はしみじみ思った。一人暮らしの律が病気になってしまえば、その犬の面倒を誰がみてくれるというのだ。

いざとなれば人型になれる魔族だからこそ律はゴンタをペットとして飼っていられる。そうでなければ、とてもではないが動物の世話などできそうにない。

心配げにちらちらと見上げてくるゴンタを連れて、律はいつも通り公園に入った。

今日は通りにも公園にもなぜか人がいなかった。普段よりも遅い時間ということもあるが、犬の散歩をしている人とすれ違いもしない。おまけに季節は冬になりかけているというのに、頬を撫でていくのは生暖かく湿った風だ。

嫌な空気だと思いつつ藤棚に向かっていると花壇の手前に人影を見つけた。

そこにいたのはすらりと背の高い男だった。黒いマントのようなものを羽織り、律とゴンタをじっと見ている。

背を這い上がってきたのは、魔物と対峙する時に感じるあの感触だった。禍々しい気がその男から嫌というほど伝わってくる。

わざわざ確認するまでもなく男は魔族だった。まっすぐ背に向かって流れる青みがかった銀色の髪もさることながら、紫の瞳がそれを物語っている。しっかりと人型を保っているところを見ると、律が普段封じているような力の弱い下級魔ではないだろう。

ゆっくりした足取りで男が近付いてくる。とっさに身構えると、男がゴンタの前で静かに膝を折った。そのまま犬のゴンタに向かって恭《うやうや》しく頭を垂れる。

「尊き我が王よ――そのように人間ごときに拘束されて繋がれるなど、何とおいたわしい――」

ふいに鋭い目で睨み上げられ、律はごくりと喉を鳴らした。感じたのは限りなく殺意に似た悪意だった。その視線に合わせるように、湿気を伴った風が体に絡みついてくる。

「そこの人間。おまえは王に伴侶となるよう乞われたのではないのか。なぜ王をこのような目に遭わせる？」

怒りを含んだ紫色の瞳が濃い色に光る。突然足元から風が吹き上がり、律はとっさに目を瞑った。風に巻き上げられた砂が手や頬に当たって、口の中にまで入り込もうとする。

「いっ……て……」

折れた小枝が頬を掠めて痛みが走った。足元の土がめくれ上がり、体のあちこちを打ち付ける石も少しずつ大きくなっていく。花壇のレンガまでもがガタガタと音を立て始め、さすがに恐怖を感じた。あのレンガが頭に向かって飛んでくればひとたまりもないだろう。

この男に殺される——。

そう思った瞬間、ゴンタの声がした。

『私の伴侶に手を出すな！』

ゴンタが叫ぶと同時に、男が花壇まで弾き飛ばされる。律の手を振り切ったゴンタは、花壇の下に転がっているその男に躍《おど》りかかった。太い足で男の体を押さえ込み、牙を剝いて獰猛な唸《うな》り声を上げる。

『もう一度律に手を出してみろ、おまえを殺して魂を底なしの闇に叩き込んでやるぞ。二度と這い上がれない闇で永遠にもがき苦しませてやる』

今にも喰い殺さんばかりの勢いでゴンタは男を脅す。いや、脅しではない。男が律に何かしようものなら、ゴンタは確実にこの男を殺してしまうに違いない。

「やめろ、ゴンタっ！」

慌ててリードを摑み、律は必死でゴンタを引っ張った。何とかゴンタを男から引き離し、ベンチまで引きずっていく。

「あのなっ、誰かに見られたら警察に通報されるだろっ！」

先ほどのあれは、誰が見ても大型犬が人を襲っている風にしか見えない。たとえ襲われている側が魔族だとしても、人型をしていては獣型のゴンタの方が確実に分が悪い。

『おまえは殺されそうになったというのにあやつを庇うのか』

「でも、あいつ、本気じゃなかっただろっ」

本気ならば四の五の言わずに律を喰い殺している。それが本来魔族というものだ。

だが、そんな律の言葉を馬鹿にするように男がふんと鼻を鳴らした。

「甘いことを言うな、人間。おまえを脅すほど私は暇ではない。王に助けられたことを感謝するがいい」

『まだ言うのか、おまえは』

再び牙を剝いたゴンタを律は必死で引っ張った。律もそう小柄ではないが、シェパードをもう一回り大きくしたような超大型犬に暴れられるとさすがに制御できなくなる。

「暴れるなゴンタ！　お座り！　お座りっ！」

何とかその場にゴンタを押さえつけ、律は改めて男に目を向けた。

一瞬、あの洋館に棲み着いているという魔物はこの男ではないかと思った。男の髪は白髪ではないが、暗闇で見れば青みがかった銀髪も白髪に見えるかもしれない。

男をまじまじと見やった律は、禍々しいながらも自分にはない美貌と男っぽさを合わせ持つこの男に何やら劣等感を覚えた。男は人型になったゴンタとはまた違った雰囲気のいい男だった。少し冷たい感じはするものの、整った外貌は女性好みのイケメンというやつだ。

ゴンタといい、この男といい、力の強い魔族というやつは人型になるとなぜこうもいい男になるのだろうか。

『それでおまえは何をしに来た。誰があちらとの扉を開いていいと言った』

唸り声を上げげつつ言ったゴンタに、再び膝を折った男が深々と頭を下げる。リードに繋がれた黒い大型犬に人が恭しくかしずいている様子は何ともいえずシュールな絵面だった。複雑な面持ちでそれを眺めていると、頭を下げていた男が大仰にため息をついた。

「何をしに来たとはあまりなお言葉。あなたをお迎えに上がったのです」

『わざわざ迎えに来ずともそのうち帰ると言っただろう』

「そのうちとはいつですか。いいかげん戻って頂かないと仕事が山積みになっています」

うんざりした面持ちでそう言い、男がうっそりと顔を上げた。

「あなたが繁殖期なのはわかっています。伴侶を求めるのは仕方ないにせよ、こんなにも長い間仕事を放り出していかれると我々が困るのです。王の裁可を仰がなければならないことがあまりに多すぎて、もう我らでは対処できません」

どうやら男は魔王であるゴンタの家臣らしい。伴侶を探しに出かけたままいつまでたっても戻らない魔王を、痺れを切らして迎えに来たようだった。

魔界がどういう世界で、魔王がどういう存在なのか律にはさっぱりわからないが、男の言い分を聞いていると、社長が業務を放り出して遊びほうけているどこかの企業の話をされている気分になった。もしも律がこの男の立場にあったら、きっと同じことを言ったに違いない。

何となく男に対して同情的になっていると、男がつと律に目を向けてきた。先ほどのような殺意は消えたものの、軽侮の色はそのままだ。

「全く人間というやつは度し難い」

軽蔑しきった眼差しで律を見やり、男は言った。

「王にこれだけ望まれているのだぞ。なぜタマゴを産まないのだ？　聞けばおまえたち人間は万年繁殖期だというではないか。淫乱な人間ならばタマゴなどいくらでも産めようものを」

「だ……誰が淫乱だよ、誰がっ！　だいたい何で俺が魔族のタマゴなんか産まなきゃなんないんだよ！　ていうか、俺は男なんだよ！　おまえら魔族はどうなのか知らないけど、人間の男はタマゴも子どもも産まないんだよっ！」

言った途端に男が訝るように眉根を寄せる。

「おまえの今の言葉は本当か？　人間のオスはタマゴを産めないと？」

「そうだよ！」

驚愕に目を見開いた男がそのままゴンタに目を向けた。

「王、この人間の言うことはまことですか。人間のオスはタマゴを産めないというのは――」

『わからん』

「わからないとは？」

『律がそう言うのだからそうかもしれないが、わからんのだ』

「ですから、どうして――」

『だから、まだ律とは交わっていないからわからんと言っているのだ！』

苛々《いらいら》した様子を隠そうともせず言い放ち、ゴンタは男を睨み付けた。

『律とはまだ交わっていない。だから、タマゴが産めるかどうか確認もしていない』

「まだ交わっていない？　一度もですか？」

無言で頷いたゴンタを男があり得ないとばかりにまじまじと眺める。

「繁殖期なのに一度もなさっていないのですか？」

『律に拒まれているのだから仕方あるまい』

「拒まれている？　それでずっと我慢しておいでなのですか？　一度も交わらずに？」

『だから……何度も言わせるな……』

「何と……」

口をあんぐりとさせ、男がふいに律を振り返った。

「人間。なぜ王と交わらないのだ。王は繁殖期なのだぞ。繁殖期に我慢を強いることがどれほど辛いことかおまえにはわからないのか？」

「そんなの俺にわかるわけないだろっ！」

そもそも魔族ではない上に性欲が人一番薄い自分に繁殖期の辛さを説く方が間違っている。

「繁殖期だか何だか知らないけど、何で俺がそれに付き合わなきゃならないんだよ！」

「ならば王を解放すればよかろう。その気もないのにいつまでも王を振り回されては迷惑だ」

「なっ……」

「わからないか？　おまえの優柔不断さが我らにとって迷惑だと言っているのだ。我らは王が繁殖期を迎えるのをずっと待っていたのだぞ。魔界には魔王のタマゴを産みたい者がたくさんいる。皆が王の帰りを待っているのだ。なのにタマゴを産めるかどうかもわからない人間のおまえがそれを引き留めるなど言語道断。その気がないのなら、きっぱりとそう伝えるがよかろう」

迷惑と言われ、律は言葉を失った。

迷惑も何も、勝手に部屋に居座っているのはゴンタの方だ。律からいてくれと頼んだ覚えはないし、ましてやタマゴを産みたいと言った覚えもない。そんなものは産めないと最初からきっぱり伝えてもいる。

なのに、なぜこの男にゴンタを解放しろだの迷惑だの言われなければならないのだ。迷惑というのならば、律の方こそこの魔王を称する犬に迷惑を掛けられまくっている。

「だったら連れて帰ればいいだろ！」

思わず叫んだ律は、ゴンタを繋いだままのリードを男に押しつけた。

「勝手に部屋に居座られて俺の方こそ迷惑なんだよ！　タマゴを産めとか何とか、わけわかんないし！　そんなに大事な魔王様なら部屋に鍵でも掛けて閉じ込めときゃいいだろ！」

『律、私がいておまえは迷惑だったのか？』

　上目遣いで見上げてきたゴンタの寂しげな声音に胸の奥がちくっと痛む。だが、その痛みを気のせいだと振り払った。

「そ……そんなの迷惑に決まってるだろっ。出るなって言っても部屋から抜けだすし、俺の朝飯は勝手に食うし、毎日買うコッペパンだって金がかかるし、どれだけ疲れてたって毎日夜になったら散歩に行かないといけないし——」

　言いながら律は違うと思った。

　迷惑だと思ったことなどない。一緒に暮らし始めてからゴンタが部屋を抜けだしたのは先日のあの時だけだ。ここのところは律の朝食の食パンも勝手に食べていない。コッペパンは毎日買っているが餌代らしいものはそれだけで済んでいる。何より、ゴンタと過ごす日々が楽しいのはむしろ律の方だった。大きく美しい犬を連れて歩ける優越感と、人型になったゴンタと笑いながら過ごせるひとときの喜び。心を許せる誰かとともにいられるそれは、何ものにも代えがたい。

　なのに、それを素直に口に出すことができなかった。

　どれだけゴンタが望もうとも、人間の律には魔族のタマゴなど産めない。なのにゴンタは律を伴侶にと望みこの世界に留まろうとする。だから、彼ら魔族にとって王を引き留める律の存在は迷惑以外の何でもないのだ。

そうなのだ。ゴンタは王なのだ。魔界という異界を統べる魔王なのだ。

人間の律は魔王の伴侶になどなれない。タマゴも産めない。どれだけ律が一緒にいたいと願っても、そうできない以上、ゴンタをこちらの世界に束縛するわけにはいかないのだ。

「帰ればいいだろ……」

下を向いたままぽつりと呟き、律は唇を噛みしめた。

『律――』

「帰れよ……帰ればいいだろ……俺はタマゴなんか産まない。伴侶にもならない。家臣だか何だか知らないけど、そいつと一緒に帰れよ！　帰ればいいだろ――！」

叫んだ律は、ゴンタに背を向けて走った。

ゴンタが追いかけてこないよう必死で公園を抜けて通りを走っていく。

昔、これと同じことがあった。

夕暮れの坂道を涙をこらえながら駆け下りた。

本当は家に連れて帰りたかった黒い子犬。追いかけてこようとするそれを振り切り、決して後ろを見てはいけないと自分に言い聞かせた。ごめんと何度も心の中で謝りながら必死で走った。

記憶の奥底にある深い悲しみが溢れ出し、今の律の心と同期する。

胸の奥が苦しくてたまらなかった。嘘の言葉を吐いた自分が嫌でたまらない。

迷惑ではないから行かないでくれと、ずっと一緒にいてくれと言えなかった自分の愚かさが腹立たしくて、やるせなくて、心が粉々に砕け散ってしまいそうだった。

マンションに戻った律は、鍵を閉めてU字ロックを掛けた。気休めにしかならないとわかっていても、傘立てをドアの前に置く。

部屋に入ると、ベッドの真横に敷いた平たいクッションが嫌でも目に入った。

家に帰ればそこにいつもゴンタが寝ていた。名を呼ぶと黒い尻尾を振りながら走ってきた大型犬は、黒いスーツを着た美丈夫になった。仕事を終えて帰ってきた律を抱き締め、寂しかったと艶っぽい声で囁き、時に官能的な口づけをする。

繁殖期でどれだけ気を滾らせていても、ゴンタは律に無理強いなどしなかった。時折その自制心の箍《たが》が外れそうになることもあったが、律が拒めば必ず行為を中断しそれ以上の暴挙に及ぶこともない。強靱な自制心で己の欲望を抑え、努めて紳士的に振る舞おうとしていた。

そのゴンタはもういない。マンションに着いた時、もしかすると追いかけてきているかもしれないとそろりと振り返ってみたが、そこにゴンタの姿はなかった。きっと迎えにやってきた家臣とともにあのまま魔界へと帰っていったのだろう。

「いいんだよ、これで。これで……」

これでいい。ゴンタは魔王として魔族の伴侶を娶《めと》りタマゴを産んでもらえばいいのだ。

もういいと自分に言い聞かせるように何度も呟いた律は、床に座り込んでベッドに背をもたれさせた。手に当たった大きなクッションはひやりと冷たく、そこに主がいないことを嫌でも知らしめてくる。

「ゴンタ……」

名を呟き、今さらはたと気がついた。

「そういえば本当の名前、聞きそびれてたな……」

真名を名乗ることは支配を受け入れることだとゴンタは言っていた。けれど、律はゴンタを支配しようと思ったことなどなかった。

「そんなことしないのにな……絶対しないのに……」

支配ではない。ただ、好きになった男の本当の名を呼びたかっただけだ。

好きになった男——。

そう思ってしまった自分に、律は驚いた。

「好き……？　俺が、ゴンタを……？」

親以外の誰かに向ける愛情が何たるかを、律は知らない。

こんな苦しい思いは今までしたことがなかった。これほど誰かを心の底から想い、そして側にいてほしいと願ったことは一度もない。

これが誰かを好きになるということなのか。この辛《つら》さが、この切なさが、魂が引きちぎられてしまいそうなこの心の痛みが、胸が張り裂けそうなこの苦しい感情が、これが誰かを好きになるということなのか。

ゴンタは律を十五年捜したという。たったの十五年だとゴンタは言ったが、十五年間もこんな想いをし続けるなど自分なら耐えられない。

なのに、その苦しい想いをし続けたゴンタをあんな風に追い返してしまった。

「馬鹿だよな、俺……何であんなこと言っちゃったんだろ……」

馬鹿だと何度も呟き、律は目を閉じる。目を開けていると涙が零れ落ちてしまいそうだった。

6

翌日になってもゴンタは戻ってこなかった。仕事を終えて部屋に帰れば、いつものようにソファかクッションの上に寝そべっているかもしれない。期待しつつ帰宅した律だったが、部屋は出かけた時と同じように暗いままで、そこにゴンタの姿はなかった。

一日が経ち、二日が経ち、それでもゴンタは戻らない。一週間が経ってもゴンタはやはり戻ってこなかった。

昨日の夜も律は駅前のコンビニでゴンタが好きなコッペパンと新発売のシュークリームを二つ買って帰った。けれど、やはり部屋に黒い犬の姿はなく、大きなクッションだけがそこにぽつんと残されていた。

「あいつ……本当に帰ったんだな……」

朝から降りだした雨はどんどん激しくなってきている。窓ガラスを叩く雨音をぼんやりと聞きながら、律はテーブルに目を向けた。白いテーブルの上にあるのは昨日買ったコッペパンだった。コンビニエンスストアの袋に入ったままのそれから目をそらし、ごろりとソファに寝っ転がる。目に入ったのは、ゴンタが寝床にしていた大ぶりのクッションだった。あまり広くもない床の三分の一を占拠している平たいそれをちらりと見やり、大きなため息をつく。

自分でも未練がましいと思った。帰れと言ったくせに、その直後に後悔している自分がいた。いずれ帰ってしまうかもしれないにせよ、あんな言い方などしなければよかった。

迷惑なのかと問い返してきたゴンタの声がずっと耳に残っている。あの時は獣型だったはずなのに、人型のゴンタの気落ちした顔が目に浮かんでますます胸の奥が痛んだ。

迷惑だなんて嘘だ。本当は一緒にいたかった。もう少し広い部屋に引っ越しをしてもいいとさえ思っていた。ゴンタが人型でいても誰にも咎《とが》められない、二人で暮らせる部屋を鈴村に仲介してもらおうと思っていたのだ。

なのに、家臣だという男にあんな風に言われ、売り言葉に買い言葉のように言い返してしまった。

「そんなつもりじゃなかったんだ……」

あの男におまえの存在が迷惑だと言われた時、心の中に押し込めていた孤独感が噴き出した。魔物が見えるこの妙な力のせいで人に避けられ、律はずっと一人でいた。

ただ魔物が見えるだけではない。律の側にいればそういった魔物たちのせいで奇妙な現象が起きることもある。一緒にいる誰かに迷惑がかかると思って、他人とかかわることを極力避けていたのだ。

母は律に愛情を注いでくれる。けれど、胸に巣くう孤独感はどうしても埋められない。それを心の奥深くに押し込め、自分は一人でも平気だと言い聞かせて律は過ごしていた。やがて孤独を孤独と感じなくなっていったが、それは寂しい気持ちを自制心で無理矢理押し込めているだけだ。それで根本的な寂しさが消えるわけではない。

そんな律の孤独感をゴンタは埋めてくれた。ただいまと言えば誰かがおかえりと迎えてくれる。それがたとえ犬の形をした魔王であったとしても、律の寂しさを埋めるのには充分だったのだ。

律がずっと足りないと感じていた魂の半分を埋めるように寄り添ってくれたゴンタ。その存在がこんなにも大きかったのかと今さら気づかされた。

「ごめん、ゴンタ……本当にごめん……」

押し寄せてくる後悔という名の波に翻弄される。どれだけ悔やんでももう遅い。ゴンタは魔界に帰ってしまった。二度と律のところには戻ってこないのだ。

＊＊＊

夕方になってようやく重い腰を上げた律は、雨脚がどんどん強くなっていく中、懐かしい坂道を登った。

小学生だった頃、この坂をほぼ毎日上った。目的は一つ。夕焼けに染まる街が見下ろせる洋館に行くためだ。

夕刻、オレンジ色に染まった空と街は不思議な美しさがあった。西側から空の赤さが徐々に消え、濃紺の闇が少しずつ広がる大禍時《おおまがどき》。昼が夜にとって代わられるその一瞬、この世界と魔物たちの世界が交わる。そんな瞬間を見るのがなぜか心地よかった。

だが、今日はその夕焼けも雨雲に覆われて何も見えない。降り注ぐ大きな雨粒は街の景色さえも霞ませていた。

やがて坂を上り切った律は洋館の前に立った。

ゴンタが帰ったあの日も律はここに来ていた。この洋館に棲み着いている魔物がどういう類いのものなのか念のため下見に来たのだ。けれど、律は敷地に入ることすらできなかった。それほどこの洋館が禍々しい闇に覆われていたのだ。

傘を傾けて顔を上げると、雨に濡れた洋館の屋根瓦はどす黒い赤に染まっていた。屋敷全体を取り囲んでいる禍々しさも変わらない。むしろ、鬱陶しい雨のせいでそれがより酷くなっている気がした。

雨に濡れる朽ちかけた洋館を見ているだけで足がすくむ。敷地に入ろうとすると、この中は危険だと律の祓魔師としての本能が叫んだ。ここに近づいてはいけないと激しく警鐘を鳴らし始める。

込み上げてくる恐怖心を胸の奥に押し込め、律は敷地に足を踏み入れた。

錆びて道に転がっている門扉を跨ぎ、雑草が生い茂っている庭へと入っていく。

石造りの玄関は昔と変わらなかった。玄関の扉の真上にある青い薔薇模様のステンドグラスも以前のままだ。ただし、その青さは埃にまみれて昔よりもかなり白くくすんでいた。

鈴村から預かった鍵を大きな扉に差し込み、ゆっくりと回す。扉に手を触れた瞬間、ぞくっと背中に震えが走った。寒いと感じるのは雨に濡れたせいだけではないだろう。今まで経験したことのない闇の深奥をそこに感じる。

「行くか――」

大粒の雨水を落とす灰色に染まった空を見上げた律は、意を決して洋館の中に入っていった。

＊＊＊

洋館の中は律が思っていたよりは朽ちていなかった。吹き抜けになっている広い玄関ホールも、アーチ状の大きな窓も、特に壊れている感じはしない。ただ、明かりも点かない古い洋館は、それだけで妙に恐怖心を煽られる。その上ご丁寧に雨まで降ってくれるとその恐怖心も倍増だ。

このままホラー映画の撮影でもできそうな雰囲気の玄関ホールをぐるりと見回し、律は廊下の奥へと向かった。

左右に扉が二つある廊下を抜け、より奥へと足を進める。そして奥に向かえば向かうほど、震えが来るような禍々しさが伝わってきた。

それは、律が普段かかわっている下級魔とは全く異なる類いのものだった。強いて言えば、ゴンタが家臣らしきあの男に躍りかかった時に一瞬だけ見せた魔王としての気に似ている気がした。ということは、それくらい強い力を持つ魔物がここに棲み着いていると思って間違いない。

「気休めくらいになればいいけど……」

効果などあまり信じていない呪符を胸ポケットから取り出し、律は一番奥まった場所の扉の前に立った。

「ここっぽいな――」

洋館全体を包み込んでいるどす黒い闇はこの部屋から発せられている。扉に触れようとして、思わず手を引いた。扉さえも魔に侵食されているように感じた。これに触れた瞬間に体が腐り落ちてしまうのではないかという錯覚にさえ陥る。

どうしたものか迷った末、律は真鍮《しんちゅう》の取っ手を呪符で包み扉を開けた。

そこは窓が少ない部屋だった。かつては持ち主の書斎だったのかもしれない。大きな書架が壁に沿って並び、古ぼけた本がぎっしりと入っている。さらに奥に目を向けると、書架に囲まれた壁に高さが二メートル近くある巨大な風景画が飾られていた。

「あれって……」

奇妙な形をした城がそこに描かれているのだが、その城に見覚えがあった。まさかと思いながら、ジャケットから懐中時計を取り出す。リューズを押して文様が彫られた蓋を開いた律は、そのまま目を見開いた。

父から貰った古い懐中時計は、文字盤を覆う蓋の外側には繊細な文様が彫り込まれているのだが、内側部分にも彫刻が施されている。その彫刻は部屋の壁に飾られている絵画の城と形が酷似していた。

「何で……?」

呟くと同時に雷鳴が響き渡る。部屋に一つだけある窓の向こうに稲光が走り、律はようやくそれの存在に気がついた。

部屋の一番奥まった場所に赤い革張りの肘掛け椅子がある。背もたれが高く、まるで玉座のようなその椅子に男が座っていた。

髪が真っ白だったため一瞬老人かと思ったが違った。四十代と言われればそう見えるし、もっと上だと言われても納得する。ゴンタと同じく、男は国籍が全くわからない面立ちをしていた。

座っていてさえもわかる大きな体軀を薄いグレーのスーツで包み、脚を組んで座っている姿は何とも様になっている。首に巻いているのが赤いリボンタイというのが少し気になるが、古びた洋館の書斎に座っている様子はまるでファッション雑誌の一ページのようだ。ただし、男から発せられている気は混沌とした深い闇をはらんでいた。

この屋敷を幽暗に閉ざしているものと同じ色をした深い闇。それを男から嫌と言うほど感じる。確か屋敷に入り込んだ高校生たちは白髪の男に襲われたと言っていた。襲ったのはこの男と思って間違いないだろう。

ゆっくりした動作で脚を組み直した男は、突然部屋に入ってきた律を興味深げに眺めた。

「ほう。おまえは我に驚かぬのか」

聞こえてきたのはぞくぞくするような声だった。心の深淵に入り込み、闇に誘うような妖しい声音に思わず耳を塞ぎたくなる。

「何用だ、人の子。用がないなら立ち去れ。さもなくば嬲《なぶ》り殺して魂を喰ろうてやるぞ」

不穏なことをさらりと口にし、男が肘掛けに片肘をつく。

喰い殺すと言いながら今すぐ襲いかかってこないところをみると、まだ交渉の余地があるかもしれないと思った。懐中時計をポケットにしまい一歩足を進める。すると男がにやりと口角を上げた。

「人の子、我がおまえを殺さないと思っているのか？」

言った途端、書架から本が律に向かって飛んできた。頬を掠めた重厚な本が派手な音を立てて壁に突き刺さる。一瞬で凶器と化した本に視線だけを向け、律はごくりと喉を鳴らした。

背にひやりと冷たいものが流れた。初めて遭遇した強力な力を持つ魔族への恐怖で全身に鳥肌が立つ。

「次は首を飛ばすぞ」

脅しではないとばかりに書架に収まっている本がガタガタと音を立て始める。今にも凶器となって飛んできそうな本を凝視しつつ、律はその場に立ち止まった。

足元から得も言われぬ恐怖感が這い上がってくる。このまま逃げ出したい衝動に駆られたが、なぜかこの魔物が気になった。理由は単純だ。この男が放つ魔族の気がゴンタに似ていたからだ。しっかりと人型を保ち、意思の疎通ができて言葉も交わせる魔族に遭遇することはめったにない。この男もゴンタやその家臣と同様か、もしくはそれ以上の強い力を持つ魔族だと思って間違いない。気が似ていると感じるのもおそらくそのせいだろう。

これをねじ伏せて魔界に帰すのはかなり苦労しそうな気がした。消滅させるにしてもここまで力のある魔族ならば一筋縄ではいかない。

どうしたものかと迷いつつ、律は男に話しかけてみた。

「おまえ、魔族だよな。どうしてここに棲み着いてるんだ。何か理由でも――」

言い終わる前に再び本が飛んできた。とっさに身を伏せて事なきを得たが、一秒でも遅ければ、先ほど男が言っていた通り首と胴が離れていただろう。

「ほう。人の子にしてはなかなかいい動きをする。もしやおまえは祓魔を生業とする者か？」

「そ……そうだよ。わかったら消滅させられる前にあっちに帰れ」

気丈に言いながらも殺されるかもしれない恐怖で手足が震えた。きっと声もうわずっていたに違いない。

それに気づいたのか、律を眺めていた男が冷笑を浮かべる。嗜虐が籠もった笑みを向けられ、心臓を鷲づかみにされたような気になった。

この男は本気だった。唇に笑みを浮かべたまま、律を嬲り殺しにしようとしている。

現実味を帯びた死への恐怖で首筋や背に冷たい汗が流れ落ちた。呪符は握り締めたままだが、この男に対してそんなものが役に立つとはとても思えない。逃げるべきかと考え、やはりと思いとどまった。

男が放つ禍々しい気はあまりにも強大だった。今はこの洋館だけで済んでいるが、いずれこの街全体を覆ってしまうかもしれない。今ここで封じてしまわなければ、後々取り返しのつかないことになるような気がした。

怖いが逃げるわけにはいかない。気丈に男を睨み付けていると、男が興味深げに片眉を上げた。

「我を消滅させるとは面白いことを言うな。おまえの気概に免じて少しだけなら話をしてやってもいいぞ。聞きたいことがあるなら聞け。気が向けば答えてやってもいい」

あくまでも上から目線な男の言い草に軽い苛立《いらだ》ちを感じる。これに妙な既視感を覚えたが気のせいだろうと、律は改めて男に向き直った。

「どうしてこの家に執着するんだ。ここはおまえがいていい場所じゃない。とっとと元いた世界に帰れ」

「断る」

即答した男がゆっくりと立ち上がる。

律が思っていたとおり男はかなり大柄だった。ゴンタと同じくらいか、もしかするとまだもう少し背が高いかもしれない。服を着ていてもわかる厚い胸板は、この男が強い牡であることを嫌でも律に見せつけてくる。

「我がどこにいようと我の勝手だ。我はここで人を待っている。いていいかどうかをおまえに指図される筋合いはない」

「人を待ってるって、誰を待ってるんだ?」

「それこそおまえの知ったことではないな」

時間切れだと笑った男の姿が一瞬ぶれた。同時に部屋の空気もゆらりと揺れる。次の瞬間、体が撥ね飛ばされ、後ろの壁に叩き付けられた。

「いっ……!」

後頭部と肩、そして腰を強打し、そのまま床に頽《くずお》れる。立ち上がることもできずに突っ伏していると、近づいてきた男が律の髪を掴み上げた。

「どういう風に殺されたいか希望を聞いてやってもいいぞ」

笑みの形に吊り上がった男の唇から犬歯のような牙が見える。その牙を茫然と見上げていると、男が訝るように眉根を寄せた。

「ほう。不思議なこともあるものだ。おまえに触れていても人の毒気を感じないとはどういうことだ」

「何を……」

「それに人間の割にはいい目をしている。おまえの目には我らに近いものを感じるぞ」

魔族に近いと言われ、律は唇を噛みしめた。

確かに魔物と意思の疎通ができる律は彼らに近いかもしれない。けれど、律がそんな力を望んだわけではなかった。

魔物が見えるこの目があるから孤独になった。意思の疎通ができたから皆に気味悪がられた。こんな力さえなければごく普通に暮らせたはずだったのだ。同級生たちに避けられることなく子ども時代を過ごし、祓魔師という仕事に就くこともなかっただろう。こうしてむざむざと魔物に殺されるようなことにもならなかった。

「黙れ……おまえなんかと一緒にすんな……」

言い終わると同時に首に手を掛けられた。そのまま片手で吊り上げられ、壁に押しつけられる。

「う……ぐ……、うぅ……」

「まあいい。ここのところ人間の毒気に当てられすぎた。腹も空いているし、待ち人が来るまでの退屈しのぎだ。じっくり嬲り殺してその魂を貪り喰ろうてやろう」

嗜虐的な笑みを浮かべた男が律のみぞおちに指を押しつけた。そこをぐっと押され、息が止まりそうになる。

「あ……う……」

「命乞いをして泣き叫べ。おまえが恐怖に叫ぶほど魂が美味なものになる」

首を絞めると同時にみぞおちをより強く押されて息ができなくなった。頭が少しずつぼんやりしてくる中、律は殺戮《さつりく》の愉悦に目を細める男をじっと見つめた。

この一ヵ月間ずっとゴンタと接していたからかもしれないが魔族を舐めていた。

意思の疎通ができる魔族ならば話せばわかると、いつの間にか思い込んでいた。そんな自分の愚かさを後悔しても遅い。

魔族は本来人を殺して魂を喰らう。だから律のような祓魔師は基本的に魔族を消滅させる。ただゴンタが特別なだけだったのだ。全ての魔族がゴンタと同じだと思ってはいけなかった。魔族はどこまでいっても魔族でしかない。人に害を及ぼす存在でしかないのだ。

「ゴンタ……」

結局本当の名を聞くこともできなかった。自分の意地っ張りが原因で去ってしまった男を律は呼んだ。たとえ本当の名でなくても、呼べば駆けつけてくれるのではないかと淡い期待を抱く。

やがて首の骨がミシミシと嫌な音を立て始めた。みぞおちに押し当てられている指が心臓を狙うかのように食い込んでくる。少しずつ意識が遠のいていく中、律は不思議なものを見た。

部屋の奥まった場所に飾られた巨大な風景画に描かれている奇妙な形をした灰色の城。その城が突如としてぐにゃりと歪んだ。

「え……」

ゆっくりと渦を巻き始めたそれを茫然と眺めていると、そこからぬっと腕が突き出した。

突き出た手が額縁を摑んだかと思うと、次に出てきたのは足だった。黒い革靴を履いた足が現れ、そして――。

「嘘……」

「どうした人の子。早く我に命乞いをしてみせろ」

男は絵から何者かが抜け出てきたことに全く気づいていなかった。漆黒のスーツを来た男が真後ろに立ってもなお律の首を絞めにかかっている。

「貴様は私の伴侶に何をしている」

心臓が凍り付きそうな声音が耳に届き、鳥肌が立った。律の首を絞めていた男に振り返る隙もなかった。絵から抜け出てきた黒いスーツの男は、白髪の男を律から引き剝がすとその大きな体を書架に向かって投げつけた。

派手な音を立てて白髪の男が書架に叩き付けられる。それを振り返ろうともせず、男は――ゴンタは律に向かって微笑みかけた。

「私を呼んだか、律――」

同じ台詞を聞いたのはいつだっただろうか。黒いスーツに黒いシャツ、そして首に嵌められた真っ赤な首輪。以前と全く変わらない姿で現われたゴンタは、茫然と座り込んでいる律の傍らにそっと跪《ひざまず》いた。

「ゴンタ……どうして……」

「伴侶となるおまえが呼んでいるのだ。私はどこへでも駆けつけるぞ」

頬をそっと撫でられ、涙が出そうになった。

会いたかった。ゴンタがいなくなって一週間、ずっとその姿を追い求めた。帰ってきてくれと、願い続けた。そのゴンタが目の前にいる。

「ゴンタ……ゴンタっ……！」

思わずすがりつくと、ゴンタが律をそっと押し返した。

「ゴンタ……？」

「律、再会の喜びは後でゆっくりと分かち合おう。今はあれとけりを付けるのが先だ」

闇を帯びた笑みを浮かべ、ゴンタが男を振り返った。

背中から書架に叩き付けられて床に転がった男の上に、大量の本がなだれ落ちている。その様子を睥睨《へいげい》するように眺め、ゴンタは口角を上げた。

「くだらない魔物の気配がすると思ったら貴様だったのか、バルナバス」

ゴンタがふんと鼻を鳴らすと、バルナバスと呼ばれた白髪の男がのっそりと起き上がった。背中や肩に乗った本を払いのけ、その場に片膝をつく。やがてゆっくり顔を上げたバルナバスは、ゴンタに向かってにやりと酷薄な笑みを浮かべた。

「誰かと思えばテオドールではないか」

「貴様ごときが魔王である私の名を軽々しく口にするな」

「何が魔王だ。己の力で勝ち取った魔王の座ではあるまい」

揶揄《やゆ》した途端、巨大なソファがバルナバスに向かって飛んだ。だが、バルナバスを直撃する寸前でそれが粉々に砕け散る。本の山の上に新たな残骸となって積もったソファをちらりと見下ろし、バルナバスはゴンタに皮肉たっぷりの笑みを向けた。

「相変わらず短気なやつだ。それでよく魔王が務まっているものだ」

笑いながら立ち上がったバルナバスが軽く手を振る。床に折り重なっていた本がふわりと浮き上がったかと思うと、今度はそれが弾丸のような勢いでゴンタに向かって飛んだ。

「ゴ、ゴンタ、危ない！」

とっさに叫んだが杞憂に終わった。先ほど律の首を飛ばしかけた本は、ゴンタに当たる寸前で木っ端微塵に粉砕された。

天井まで舞い上がった本のなれの果てが紙くずとなってひらひらと落ちてくる。それを鬱陶しげに払い、ゴンタはじろりとバルナバスを睨み付けた。

「引退したジジイが大きな口を叩くな。ここで何をしているのだ、バルナバス」

「そういうおまえこそ何をしている。魔王とはそんなに暇ではなかったはずだがな」

「耄碌《もうろく》して耳が遠くなったのか。ここで何をしていると聞いてるのだ。答えろ、クソジジイ」

「我は耄碌などしておらんわ。そもそもそれが先代の魔王に向かって言う言葉か、青二才」

二人が子どもじみた舌鋒を繰り出すたびに家具が飛び、本が舞う。部屋の備品がどんどん破壊されていくのを茫然と見ながら、律は先ほど耳にした言葉を反芻した。

「先代の魔王……？」

ゴンタは律に自分は魔王だと言っていた。そして、バルナバスと呼ばれたこの男は自分を先代の魔王だという。

「えっと……ゴンタが今の魔王で、こいつが先代の魔王……ってことは——もしかして親子？」

言った途端、二人が同時に律を振り返った。

「冗談ではないぞ。こんな色ぼけた老害が私の親であるものか」

「ふざけたことを言うと今すぐ喰い殺すぞ、人の子。我の子はもっと美しく賢い。こんな阿呆と一緒にするな」

間髪を容れずに二人に否定され、思わず首をすくめた。親子ではないとすればいったい——。

律がこの二人の関係をあれやこれやと想像している間も、テーブルと書架が一台破壊された。

低レベルすぎる舌鋒を繰り出しつつ、魔王と元魔王が部屋の備品を次々に粉砕していく。

「先ほどからの言葉、聞き捨てならないぞバルナバス。誰が阿呆だ、誰が」

「おまえ以外に誰がいる。繁殖期に伴侶も見つけられないふぬけが偉そうに魔王を名乗るなど片腹痛いわ」

「誰にでもタマゴを産ませようとする色ぼけの貴様と一緒にするな。それに律は私の伴侶だ。魔王の伴侶を喰い殺そうとしたのは死に値するぞ、バルナバス」

「伴侶にだと？　人の子のオスにどうやってタマゴを産ませる気だ。人の子のオスがタマゴを産んだなど聞いたこともない。阿呆だと思っていたがおまえは本気で阿呆だったのだな」

「死にたいか、クソジジイ」

「やれるものならやってみろ、クソガキ」

二人の体が光彩を放ったと思った瞬間、そこに白と黒の大型犬が姿を現した。

『今度こそ貴様を屠《ほふ》ってやるぞ、バルナバス』

『我に二度も負けたおまえが寝言を言うな、テオドール。何ならその頭、もう一度叩き割って右側の毛も白く染めてやろうか』

赤い革の首輪を着けた黒いシェパードと、赤いリボンを着けた白いシェパード。獰猛な唸り声を上げた二匹の大型犬が互いに向けて牙を剝く。

二匹が床を蹴り、壁を引っ掻くたびに部屋のあちこちが悲鳴を上げた。床板がめくれ上がり、壁がひび割れ、アーチ状の窓のガラスが派手な音を立てて割れ落ちる。

「や……やめろっ、馬鹿っ。家が壊れるっ」

天井からぶら下がっているシャンデリアまでもがぐらぐらと揺れ始め、律は本気で慌てた。

そうでなくても古い洋館なのに、二人の魔王に力一杯暴れられては書斎どころか建物全てが破壊し尽くされそうだった。魔物を祓うに当たって多少の傷がつくのはやむなしと大目に見て貰っているが、今日のこれは許容の範囲をはるかに超えている。魔物を祓うのに失敗するだけに留まらず、既に買い手がついているというこの物件を壊してしまったら確実に契約違反だ。

現にこの部屋の備品は相当破壊されている。これ以上破損させると違約金を支払わされる可能性が格段に高くなるではないか。

「やめろっ！　おまえら、ここで暴れるなっ！　俺を破産させる気かっ！」

言ったそばから壁面のライトが落下し、ステンドグラスのシェードが粉々に砕け散った。〝アンティーク調〟ではなく本物の年代物であろうそれの価格を概算すると目眩がしてくる。

「やめろっ！　暴れるなっ！　ものを壊すなっ！」

律の制止を完全に無視し、二匹が再び壁を蹴る。中空で牙を剝いて絡み合った拍子に、ぐらぐら揺れていたシャンデリアに当たったらしい。とうとうそれが強烈な破壊音を立てながら床に落下した。

オレンジ色のガラスシェードが砕け散り、それを支えていた錬鉄の縁が床板を削りながら跳ね上がる。

「うわぁぁっ……、あれはヤバイっ……、本気でヤバイっ……」

　壁面ライトとは比べものにならないこの大きさのアンティーク家具の値段はいったいいくらだろうか。これら以外にも書架が二台、テーブルが一台、ソファが一台、家具だけでも四台が暴れる二人の魔王に破壊された。ざっと計算しただけで数百万円は下らないだろう。これを全て弁済させられたら――。

「だめだ……破産する……、俺、破産する……」

　ほんの先ほどまでバルナバスに殺されかけていたことも忘れ、律は二匹に駆け寄ろうとしたけれど、近づくどころか強烈な気に弾き飛ばされて床に叩き付けられた。

「いってぇ……」

　床で嫌というほど頭をぶつけ、目の前に星が散る。頭を押さえながら起き上がった律は、暴走して部屋を破壊する二匹の獣を茫然と見やった。

　見ている間にも木製のキャビネットが粉砕された。律の目の前で浮き上がった丸い椅子が窓に叩き付けられ、窓枠ごと外に向かって吹っ飛んでいく。

「嘘だろ……」

　じわりと湧いてきたのは怒りだった。

「こいつら……ふざけんなよ……」

　もう限界だった。殺されかけた恐怖などどこかに吹き飛んだ。律の言うことに全く耳を貸さずに暴れまくる魔王二人に猛烈な怒りが込み上げてくる。

「やめろって言ってるだろうがッ――――！」

叫んだ途端、互いを噛み殺そうとしていた大型犬が左右に分かれて壁際まで弾き飛ばされた。体を壁にしこたまぶつけた二匹が驚愕の眼差しを律に向ける。驚いたのは何もこの二匹だけではなかった。律でさえも自分のしたことに驚いた。

祓魔師を名乗っているものの、律が普段相手にしているのは名もないような下級魔だ。もう少し力がある魔物に遭遇した時は同業者の力を借りることにしており、律の祓魔師としての力は中の下といったところだ。小型の獣型をした魔物を祓うのが限界で、荒ぶる魔王二人を押さえ込めるほどの力があるなど想像もしていない。

「今のは何だ、人の子。何者だおまえは――」

白い大型犬から人型になったバルナバスが警戒しつつ尋ねてくる。ゴンタも同様だった。見慣れた黒いスーツ姿に戻ったゴンタが、訝るような目で律を見ている。

自分自身に驚きつつも、律は警戒する二人を交互に睨み付けた。

「だから祓魔師だって言ってるだろうが！　これ以上暴れたらおまえらまとめて消滅させるぞ！」

「驕《おご》るな、人の子。我を消滅させるなどと、身の程知らずにもほどがあるぞ」

言った途端にバルナバスの矛先が律に向いた。バルナバスの周囲にふわりと風が舞い上がると同時に、律の正面にあった巨大な書架が浮き上がる。

「妄言を吐いた己の傲慢さを自分の体で思い知るがいい」

風がぶんっと低い音を立てた。本が満載された書架が律をめがけて一直線に飛んでくる。あれに押しつぶされれば確実に命を落とす。そしてそれは避けようのないスピードで律に迫っていた。

眼前に壁のような書架が押し寄せ、律はとっさに目を閉じた。

「律！」

ゴンタの叫び声が耳に届く。書架が体を押しつぶす感覚はやってこず、代わりに温かなものが律の頬に滴り落ちた。

「え……」

ほの暗い視界にあるのはゴンタの顔だった。巨大な書架を背負う形でゴンタが律に覆い被さっている。

「ゴンタ……」

「大丈夫か、律」

笑ったゴンタの顔が苦痛に歪んだ。またぽたりと頬にしずくが滴り落ちてくる。何気なくそれを手で拭った律は、そのまま茫然とゴンタを見上げた。

ゴンタのこめかみから流れ落ちているもの。それは紛れもなく血だった。魔族の血も人と同じく赤いのかと思いつつ、律はそこに手を伸ばす。

「ゴンタ……血が……」

「大丈夫だ。これくらいどうということはない」

気丈に笑ってみせたゴンタが背に乗った書架を振り払う。鈍い音を立てて書架が床に落ちると、ゴンタは律を庇うようにして立ち上がった。

黄金色の瞳が炎のように揺れていた。それはゴンタの怒りが頂点に達している証拠だった。

「バルナバス。私の伴侶を傷つけようとしたその罪、おまえの命で贖《あがな》ってもらうぞ」

言い終わると同時に、バルナバスの体が部屋の奥まで弾け飛んだ。漆喰の壁に叩き付けられた体がそのまま床に落下する。

ゴンタと同じくバルナバスの白い髪も赤い血に染まっていた。薄いグレーのスーツもあちこちが血でまだらになっている。それでものそりと体を起こしたバルナバスは、口角を上げて不敵な笑みを零した。

「我に贖えだと？　笑わせるな。おまえごとき青二才に我を殺せるわけがなかろう。その人間と一緒に押しつぶしてくれるわ」

ふわりと浮き上がったのは巨大な机だった。両袖に引き出しがついた重厚なマホガニーのそれが音もなく宙に浮き、またもや律に向かって飛んでくる。

「無駄なことをするな、バルナバス」

ゴンタが軽く手を振ると、律に向かって飛来していた机が角度を変えた。そのまま書斎の出入り口に向かって飛ばされていく。だが、その出入り口に人影を見つけた瞬間、血の気が引いた。

「あなたたち、ここで何をしているの？」

のほほんとした聞き覚えのある声を耳にし、心臓が止まりそうになる。

半分ほど崩れかけた書斎の扉からひょっこりと現れたのは母の恵麻だった。どうしてここにと思う隙もなく、ゴンタによって角度を変えられた巨大な机が恵麻に向かう。勢いのままあれがぶつかれば小柄な恵麻などひとたまりもない。

「母さん、危ない！」

律が叫び、ゴンタが吃驚《きつきよう》に目を見開いた。

それはまるでスローモーションの映像のようだった。

とっさに駆け寄ろうとした律の前を白いものが駆け抜ける。

「恵麻！」

巨大な両袖机が、叫びながら恵麻の前に飛び出したバルナバスの背を直撃した。

骨を砕くような嫌な音の後に、ずしんと地響きがする。

「え……」

逆さにひっくり返った両袖机の下にバルナバスの体が見え、律は思わずそこから目をそらした。

バルナバスが数十キロはあろうかという巨大な机の下敷きになっている。たとえ消滅させようとしていた魔族とはいえ、人型を保ったまま息絶えている姿は見たくなかった。何より、なぜバルナバスが母の恵麻を庇ったのか律には全く理解できない。

「バルナバス……どうして……」

恐る恐る視線をそちらに向けると、机の下敷きになっているバルナバスの手がぴくりと動いた。巨大な机がぐらりと傾ぎ、思わず二、三歩後ずさる。

「え……嘘……まさか生きて――」

言い終わる前に両袖机が弾け飛び、バルナバスがのっそりと立ち上がった。髪もスーツも血に汚れて乱れきっているが、特別大きな怪我をしている風でもない。そのまま放心していると、ゴンタが馬鹿にしたように鼻を鳴らして髪を掻き上げた。

「心配などしなくてもいい、律。あのクソジジイは私が背を裂いても胸を貫いても死ななかった。それがあの程度で死ぬわけない」

ちょっとやそっとではくたばりそうにない頑丈すぎる二人の魔王を律は茫然とした面持ちで見やる。怒りにまかせて再び暴れだすのかと思いきや、立ち上がったバルナバスはゴンタや律には目もくれず一目散に恵麻に駆け寄った。

「恵麻！　おお、恵麻！」

そう言って出入り口に立っている恵麻を抱き締め、頰に何度も口づける。

「会いたかったぞ、恵麻。何年ぶりだ？　二十年か？」

「シゲゾウさん？　シゲゾウさんなの？」

「そうだ。我だ。わかるか、恵麻」

先ほどまでの殺気だった気配など微塵も感じさせず、相好を崩したバルナバスは恵麻の頬を両手でそっと包み込んだ。

「相変わらずおまえはかわいらしいな。喰ろうてしまいたいかわいさだ」

「嫌だわ、シゲゾウさんたら。私、もうおばさんになってるのに」

「何を言う。どんな姿でもおまえはかわいい。我の伴侶として申し分がないぞ」

「シゲゾウさんこそとっても素敵。二十年前の若い姿も素敵だけど、今はもっと素敵。私があげたリボンもよく似合っているわ」

たった今までゴンタと殺し合いをし、巨大な机の下敷きになっていたことなどどこ吹く風とバルナバスは母の恵麻と戯《たわむ》れている。いったい何が起きているのか、律にはさっぱりわからなかった。

洋館に棲み着いている魔物を祓いにきたら、その魔物は元魔王だった。その元魔王に殺されかけていたところに魔界に帰ったはずのゴンタが現れ、元魔王と殺し合いを始めた。律の制止も聞かず屋敷を破壊しまくる二人の魔王と、そこに突然やってきた母の恵麻。あげくに元魔王は血まみれのまま母の恵麻とラブラブモード全開でいちゃついている。一番驚いたのは恵麻がバルナバスを『シゲゾウ』と呼び、バルナバスが恵麻を『我が伴侶』と呼んだことだ。

わけのわからないことの連続で、律の脳の処理能力はオーバーヒート寸前だった。

「律、これはどういうことだ」

状況が今ひとつわからないのはゴンタも同じなのだろう。尋ねられたが、そんなことは律の方が聞きたいくらいだ。

茫然としている律とゴンタなど全く目に入っていないのか、バルナバスと恵麻は完全に自分たちの世界に入り込んでいる。

「ところで、シゲゾウさん。いつこちらへ？」

「少し前だ。ここにいればおまえに会えると思って待っていたのだが、鬱陶しいハエがいろいろと入り込んできてな。追い払うのに苦労したぞ」

「そうだったのね。帰ってくるのがわかっていたらもっと早く改修工事をしてもらっていたのに、シゲゾウさんたら二十年も連絡をくれないんだもの」

「許せ、恵麻。あちらとこちらとでは時の流れが違う故、どうしても年月が経ってしまうのだ」

「いいの。またシゲゾウさんに会えたんだもの」

バルナバスにそっと口づけ、恵麻が笑う。見ているこちらが恥ずかしくなってくる仕草でも、恵麻がすると案外似合っていると思ってしまうのは息子の欲目だろうか。

それにしても――。

「あ……あのさ母さん、取り込み中悪いんだけど、これってどういうこと？　シゲゾウっていったい……」

「嫌ねぇ、律。シゲゾウさんのことを忘れちゃったの？　あなたのお父さんじゃない」

言われて思わず押し黙る。

父の名がシゲゾウであることはわかっている。だが、そのシゲゾウと目の前にいるバルナバスがどうしてもイコールにならないのだ。しかも律が父に最後に会ったのは二十年も前だ。忘れるも何も、そもそも顔を覚えているわけがないではないか。

「いや、いきなり父さんだって言われても――」

「恵麻、これは我の息子なのか？」

話に割って入ったバルナバスに微笑みながら頷き、恵麻が律を前に押しやる。

「律よ。大きくなったでしょう」

「律？　律……律……はて？」

しばらく考え、バルナバスはぽんと手を打った。

「おおそうだ、確か我の息子の名は律だった」

「この野郎……忘れてたな……」

思わず呟くと、バルナバスがいきなり強い力で抱き締めてきた。背骨が砕けそうな力で抱き締められ、息が止まりそうになる。

「ちょ……何する――」

「そうか、そうか。おまえは我の息子の律だったのか。なるほど。ならば人の毒気がないのも合点がいく。そうか、我の息子か。しばらく見ぬ間に何と美しく聡明な子に育ったことよ」

言われた瞬間に気が萎えた。ほんの数分前、その美しく聡明な息子を嬲り殺しにしようとしていたのはどこのどいつだ。ゴンタが現れたからよかったものの、そうでなければ今頃律は死体になっている。

「だいたいおまえも息子ならば息子だと先に言っておけ。うっかり嬲り殺しにしてしまうところだったではないか」

自分がしたことを完全に棚に上げて呵々と笑うバルナバスを律はうんざりと見上げた。

何がうっかりだ。うっかりで実の父に嬲り殺しにされてはたまったものではない。そもそも名乗る隙さえ与えず襲いかかってきたのはバルナバスの方だ。しかも先ほどからゴンタが何度も律の名を口にしているのだ。二十年ぶりに会った息子に気づかないのは百歩譲って仕方がないにしても、せめて名前くらい覚えておけと怒鳴りつけたくなってくる。

暑苦しいバルナバスの抱擁を振りほどいた律は、夫との再会を喜ぶ恵麻と、その恵麻の手を取って微笑む暫定父のバルナバスを苦々しげに見やった。バルナバスには文句を山ほど言いたいが、恵麻に向けるデレた顔を見ているとそんな気力さえ失せてくる。

それよりもこの状況に一番混乱しているのはゴンタだろう。複雑な顔をしたままその場に立ち尽くしている。

「ゴンタ、あのさ……」

「律……おまえはバルナバスの子だったのか？」

困惑気味に尋ねられ、返答に窮して目を泳がせた。全力で否定したいが突きつけられた事実は隠しようもない。結局、適当な言葉が見当たらず律は小さく頷いた。

「あー、うん……何かそうみたい……全然知らなかったんだけど……」

「そうだったのか……」

物言いたげに口を開いたゴンタがまた口を閉ざす。

言葉を探すゴンタを、律は不安な気持ちで見つめた。

どうやら魔王は世襲ではないらしいことはわかった。ゴンタとバルナバスは全く血の繋がりがなく、むろん律とも血縁関係ではない。魔族がどこまで血の繋がりを気にするのか知らないが、ゴンタと兄弟ではないことがわかっただけでも何やら安心した。

「律。父がバルナバスだということは、おまえは魔族なのか？」

それもよくわからなかった。律は自分が魔族だと思ったことは一度もないし、今まで当たり前のように人間として生きてきた。魔物が見え意思の疎通ができるこの力は魔族の血がなせる業だと言われれば半分魔族なのかもしれないが、律にその自覚は皆無だ。むろん、ゴンタやバルナバスのように獣化したこともない。

「あいつの息子ならそうかもしれない……自覚はないけど……」

「そうか」と再び呟きゴンタがふっと笑みを浮かべた。その笑みに意味深なものを感じて首を傾げる。

「ゴンタ――？」

「おまえが魔族の血を引いているのなら、私のタマゴを産める可能性があるということだな」

「はあっ？」

気にするところはそこかと、律はゴンタをまじまじと見やった。それを横で聞いていたバルナバスが呆れたように肩をすくめる。

「おまえは本気で我の息子を伴侶にするつもりか？　我の息子は半分は魔族だが半分は人の子ぞ。メスならまだしも、人の子のオスにタマゴが産めるわけがなかろう」

そんなバルナバスの言葉に律はぎくりとした。人間の女ならば魔族のタマゴが産めるらしい。認めたくないが律の父は魔族で、母は人間だ。ということは――。

「か……母さんっ、もしかして俺、タマゴから生まれたのかっ？」

とっさに問いただすと、恵麻がコロコロと笑った。

「嫌だわ、律。そんなわけないじゃない」

ちゃんと病院で出産をしたし、母子手帳も持っていると言われ、ほっとした反面気が抜けた。わけのわからないことの連続で何かを考える気も失せてくる。

恵麻の登場により、荒ぶる二人の魔王はとりあえず落ち着いてくれた。睨み合いはしているものの、今すぐ殺し合うことはなさそうだ。

どうやらこの洋館を購入したのは母の恵麻だったらしい。

この洋館は昔から持ち主がなぜか変死するいわくつきの屋敷だった。空き家のまま転売が繰り返され、直近の持ち主もご多分に洩れず変死した。気味悪がった相続人が即刻売りに出し、仲介したのが事故物件専門の鈴村不動産だった。

さすがに持ち主が相次いで変死するような物件には買い手がつかず、屋敷はどんどん朽ちていく。そんな中、この屋敷を買い取りたいと申し出てきたのが恵麻だった。

恵麻が仮契約をした直後にこの屋敷に入り込んだ高校生が怪異に遭遇して怪我をした。そこで社長の鈴村は律に祓いを依頼したというわけだ。

母に近々引っ越しをする予定だと聞かされたが、まさかその引っ越し先がこの洋館だとは思いもしなかった。

聞けば三十年ほど前、恵麻はこの洋館の前で行き倒れていたバルナバスに出会ったという。

長期にわたる魔王の座に飽き始めたバルナバスは、ある日、退屈しのぎに人間界との扉を開いた。久しぶりに美味い魂でも喰らってやろうと出たつもりが、思いのほか人間の毒気は強く、二つの世界を繋ぐ扉になっている絵にたどり着く前に力が尽きた。洋館の門扉の前でうずくまっていたところを偶然通りかかった恵麻に助けられたらしい。

「助けたって……母さんさぁ、よくこんな胡散臭そうなおっさんを助けようと思ったな……」

「何を言ってるの。シゲゾウさんはそれは素敵な犬だったのよ。お母さん、一目惚れしちゃったんだから」

「助けたのは人じゃなくて犬の方だったのかよっ」

「あら、人の形になったシゲゾウさんももちろん素敵だったわよ。あの頃のシゲゾウさんって今のあなたによく似てすごくイケメンだったんだから」

それは褒められていると思っていいのだろうか。むしろのろけられていると感じてしまうのは決して気のせいではないだろう。

「あの時恵麻に食わせて貰ったあれは本当に美味かった。今でも我の一番の好物だ」

「戻ってきたんだものいつでも作ってあげるわ、シゲゾウさんの大好きなあんバターパン」

行き倒れの犬を助けたら、その犬が魔王だった。しかもその魔王の好物はコンビニエンスストアでも売っている安物のパンときている。

どこかで聞いた話に開いた口が塞がらない。魔族が人間界にやってくるのは、人の魂が喰いたいのではなく美味いパンが食いたいからだと言われても納得してしまいそうになる。

あんバターパンが好物らしい元魔王の父親をまじまじと眺め、律は恵麻に向き直った。

「ところで何でシゲゾウなわけ？　あいつ、どう見たってシゲゾウって顔じゃないだろ」

国籍不詳ぎみな外見ではあるが、少なくともバルナバスは日本人に見えない。そのバルナバスをよりにもよって『シゲゾウ』と名付ける恵麻の気が知れない。

「だってバル……ナ……バスって言いにくいし、本当はもっと長い名前で覚えられないのよ。シゲゾウさんもこの名前が嫌だって言わなかったし」

「我は恵麻に支配されている故、恵麻が我を何と呼ぼうがかまわん。恵麻が我のためにつけてくれた名に何の文句があろうか」

だからと言って『シゲゾウ』はないだろう、『シゲゾウ』は。律自身もゴンタにネーミングセンスが悪いと言われているが、恵麻のそれも大概だと思う。喉まで出かかったその言葉を呑み込み、律は恵麻に尋ねた。

「ていうかさ……母さんは何で父さんが魔族だって知ってて俺に黙ってたんだよ。父さんが海外で仕事をしてるっていうのも全部嘘だったたってことだよな。何で――」

「本当のことを言った方がよかった？」

逆に尋ねられ、返答に困った。

おまえは魔王の子で魔族の血が流れていると言われても、今でさえピンとこない。目の前に当のバルナバスがいてさえも何の冗談だと笑い飛ばしたいくらいなのだから、幼い頃に知らされていたとすればなおさらだろう。

確かに魔物が見えるという妙な能力があるものの、それ以外に特筆すべきところは何もなく、ごく普通の男として生きてきた。父が海外で仕事をしていようが、本当は魔族で魔界と人間界を放浪している元魔王であろうが正直なところ律の知ったことではなかった。父親が何者であれ自分は自分だ。それ以外の何ものでもない。

何より、たとえ父が側にいなくても、幼い頃から母は充分すぎるほどの愛情を注いでくれた。

その母の嘘を今さら責めようとは思わない。

「そうだなぁ……別にどうでもいいかな」

そう言って肩をすくめた律に、恵麻が「そう?」と小さく笑った。

人型のバルナバスではなく獣型のバルナバスに母は一目惚れをし、バルナバスは人間の母に恋をした。奇妙な出会いだったのだろうが、結果的に二人は愛し合いそして生まれたのが律だ。二人が互いに心底愛し合っているのなら、それを律がどうこう言うまでもないだろう。

「ここはシゲゾウさんとの思い出の場所なの。だからね、お母さん、いつかここを買おうって思ってたの」

その思い出の場所の書斎に、魔界と人間界を繋ぐ扉となる絵がある。いったいこの絵がいつからこの場所に飾られているのか知らないが、バルナバスもゴンタも、どうやらこの扉を開いて二つの世界を行き来しているらしい。

本来は人の魂を喰らうために魔族たちは扉を開いてこちらの世界へやってくる。バルナバスの目的も恵麻と出会うまではそうだった。

ただ、美味な魂を求めてやってくるものの、魔族たちは長く人間界にいると人の毒気にあてられてしまう。そのたびに魔界へ戻って毒気を抜いてくるのだが、あちらとこちらでは時間の流れの感覚が違うのだという。

律が子どもの頃、どうしようもなく人の毒気にあてられたバルナバスはすぐに戻ると言って魔界に帰った。ところが、バルナバスが再び戻ってくるまでに、こちらでは二十年という年月が過ぎてしまっていた。

戻ると言った夫を信じ、恵麻は待った。一年が経ち二年が経ってもバルナバスは戻らない。十年、二十年と過ぎてもバルナバスは戻ってこなかった。それでも恵麻は待ち続けた。いつかバルナバスと出会ったこの屋敷を買おう。そして、書斎にある絵の前で、あちらの世界からバルナバスが戻ってくる日を待とう。そう思って恵麻は待ち続けたのだ。

先日、恵麻のそんな夢がようやく叶ったのだが、まさか肝心のバルナバスがとっくに戻っているとは思いもしなかったらしい。

バルナバスが戻るまでにこの洋館をどう改修するか、恵麻は暇さえあれば洋館を外から眺めて考えていた。

洋館に魔物が棲み着いていることも、その魔物が夫のバルナバスであることも、ただの人間である恵麻に知るよしもない。おまけにその魔物を祓う仕事を請け負ったのが息子の律だなどと、誰が想像できるだろうか。

雨が降りしきる中、恵麻はいつものように洋館にやってきた。ただ、今日は屋敷の中がやけに騒がしく、物が壊れるような音がしたため気になって中に入ってきたらしい。

吹き飛ばされた巨大な机が恵麻に迫った時、真っ先に行動したのはバルナバスだった。現れたのが恵麻だととっさに気づき、愛する妻をバルナバスは身を挺して守ろうとしたのだ。我が子の名も顔も忘れるようなふざけた父親であり、傲岸不遜で冷酷無情な元魔王ではあるが、そこだけは感心するし大した男だと認めざるを得ない。

「ここにはよく来てたんだけど、まさか中にシゲゾウさんがいるとは思わなかったわ」

「以前いた場所に戻ってみたがおまえはいなかった。あちこち捜したが見つけられなかった。だからここにいればおまえが来るかもしれないと思って待っていたのだ。魂を喰らうのはずっと我慢していたがさすがに腹が減ってな。もう少しでうっかり律を喰ってしまうところだったぞ」

バルナバスが言う待ち人は恵麻だった。そうとも知らず、律は実の父を魔界に追い返すべく屋敷にやってきた。そして空腹に耐えきれなくなったバルナバスに危うく喰われそうになったというわけだ。

「何ていうか……俺、すっごく疲れたんだけど……」

思わず呟いた律は、逆さまにひっくり返ったままの机に軽く腰を下ろした。げんなりとため息をついて天井を仰ぐ。

屋敷に棲み着いていた魔物がバルナバスならば、祓うまでもないだろう。どのみちこの屋敷は恵麻のものとなる。そこに夫であるバルナバスが棲み着いていても何の問題もない。おまけにこの書斎を半壊させたのも備品を破壊したのもバルナバスだ。持ち主の夫が自分たちの持ち物を壊しただけの話で、律に弁済の必要がなくなるのならばそれに越したことはない。

それよりも律が気になるのはゴンタの方だった。

律に半分魔族の血が流れていることはゴンタにとって喜ばしいようだが、どうやらバルナバスの先ほどの言葉が引っかかっているらしい。

「やはり人間のオスはタマゴを産めないのか……」

ゴンタがぽつりと呟くと、バルナバスが呆れぎみに鼻を鳴らした。

「我は長く生きているが、人の子のオスがタマゴを産んだという話など聞いたことがない」

改めて決定的な言葉を口にされ、ゴンタが肩を落とす。その様子になぜか律も心が痛んだ。

やはり律にはタマゴが産めない。自身の子を望むのであれば、ゴンタは繁殖期が終わるまでに律以外の伴侶を探さなければならないということだ。

「ごめん、ゴンタ。俺、やっぱりタマゴなんて無理だし――」

「もういい」

「もういいって……それって――」

「タマゴなどどうでもいいと言っている。律がタマゴを産めないのなら、子は諦める」

きっぱりと言い切ったゴンタに、バルナバスが驚嘆の表情を浮かべた。

「ほう。おまえは己の血脈を途絶えさせてもいいと言うか」

「血脈などどうでもいい。律がタマゴを産めないというのならばそれでもかまわない。私が伴侶に望むのは律ただ一人だ」

「なるほど。そのいかにも遊んでいる風な見た目と違って案外一途だったのだな、おまえは」

バルナバスが言った途端、ゴンタのこめかみに青筋が立つ。

「誰が遊んでいるだと？　繁殖期にかこつけて誰彼なしに手を出してタマゴを産ませまくった貴様と一緒にするな」

その言葉にいち早く反応したのは恵麻だった。

「そうなの？　シゲゾウさん」

隣に立つバルナバスに笑みを浮かべながら尋ねているものの、目は全く笑っていない。恵麻に氷のような視線を向けられ、バルナバスが慌てて首を横に振った。

「ち……違うぞ、恵麻っ。我はおまえに出会ってからは誰とも交わってなどいないし、タマゴも産ませていないっ」

「昔は？」

「む……昔は……その……」

必死で言い訳をするバルナバスを、律は白い目で見やった。母にかつての女遊び――なのか男遊びなのか知らないが――を責められる父の姿は見ている方が情けなくなってくる。あの様子からすると、魔界には律の腹違いの兄弟がかなりいるのではないだろうか。

「テオドール、おまえも人聞きの悪いことを言うなっ。我と恵麻の仲を裂きたいのかっ」

「本当のことだろうが。何なら魔界から貴様のタマゴを産んだやつらを連れてきてやろうか」

「そうねぇ、私も会ってみたいわ。シゲゾウさんの元カノ――」

恵麻の頭に角が生えているように見えるのは決して気のせいではないだろう。

「よけいなことをせずともよい！　そ……それよりもおまえが魔族ではなく人の子である我の息子を伴侶に望むとは思いもしなかったぞ」

話題をそらすべくそう言ったバルナバスにゴンタが冷ややかな視線を送る。

「別に貴様の子だから律を望んだわけではない。律がたまたま貴様の息子だっただけだ」

「何度も言うが、律は人の子だ。人の子のオスはタマゴを産まんぞ」

「くどい。関係ないと何度聞けばわかる。私の伴侶は律だけだ。それ以外などいらぬ」

「なるほど。おまえはどうしても我を『お義父様』と呼びたいということか」

言った途端、ゴンタの瞳が怒りに燃え上がった。興奮した証拠なのか頭の上に黒い耳が出現する。

「貴様……今何と言った」

「我の息子を伴侶にしたいならばそういうことだろう。仕方あるまい。特別に我を『お義父様』と呼ぶ栄誉を与えてやるぞ、テオドール」

「寝言ばかりほざいていると本気でぶち殺すぞ、クソジジイ」

青い火花を散らす元魔王の父と、現魔王の暫定婚約者。それをまじまじと眺め、律は大きなため息をついた。

これ以上こいつらの会話についていけない。ここにいたら本気で頭痛がしてきそうだった。

いがみ合う二人の魔王とそれを微笑ましい目で見つめる母に背を向け、律は半壊した書斎を後

にした。

石造りの正面玄関を出ると、雨は止んでいた。空を覆っていた雲も途切れ、下半分が欠けた月が雲の間からひょっこりと顔を出している。

屋敷全体を覆っていた陰鬱な闇も今は跡形もなく消えている。恵麻に再会したことにより、バルナバスが放つ闇色の気が抑えられたということなのだろう。

陰の気が晴れさえすれば、この洋館はやはり美しかった。恵麻によって少しずつ手入れされていけば、元の姿を取り戻す日も近いだろう。

棲み着いた魔物は結局祓うに至らなかったが、その魔物が持ち主の夫であるのならば問題ない。

仕事は無事に終わったと鈴村に連絡を入れ、律は少しばかり晴れやかな気持ちで家路についた。

7

自分の部屋のベッドに座った律は、ソファにちらりと目を向けた。

ほぼ一週間ぶりに見る姿がそこにある。

「魔界に帰ったんじゃなかったのかよ」

思わずそう言うと、黒いスーツ姿のゴンタがゆっくりと脚を組んだ。

バルナバスと言い争うゴンタを置いたまま律は洋館を後にした。マンションまで歩けばそこそここ時間はかかるが、雨も止んだことだし散歩がてら歩いて帰ろうと思ったのだ。

駅前のコンビニエンスストアに立ち寄り公園を抜けようとすると、藤棚のあるベンチの前に黒い犬がいた。真っ赤な首輪を着けた大型犬が、飼い主を待つ忠犬のごとく革のリードを咥えて座っていたのだ。

無言で律の後をついてきたゴンタは、部屋に入るなり人型に変化した。いったいどういう造りになっているのか、血で汚れていたはずの黒いスーツも新品同様になっている。今さらそれに驚く気も起きず、律は改めてゴンタをまじまじと眺めた。

「さっきの怪我、もういいのか？」

「あれくらいならすぐに癒える。バルナバスと魔王の座を争ったときの怪我に比べれば、かすり傷みたいなものだ」

そういえば、先ほどバルナバスと争っていた際、ゴンタの髪の一部が白いのはバルナバスに負わされた怪我が原因だと言っていなかったか。

「腹立たしいがバルナバスは強い。あれこそ真の魔王だ」

「そうなのか……？」

「バルナバスには三度挑んでいるが、最初は全く刃が立たずに適当にあしらわれて、二度目は頭を割られた。さすがに死ぬかと思った」

苦笑しつつ髪を掻き上げ、ゴンタは言葉を続けた。

「三度目に挑んだ時、やつは戦いを途中で放り出した。人間がやつの子を産んだからだ。その子が律、おまえだろう――」

「え……」

「魔王の座などもういらぬとやつは人間界に行った。それで私が次の魔王になった」

「じゃあ、勝ちを譲ってやったと言ってたのは……」

「本当のことだ」

苦笑ぎみに肩をすくめ、ゴンタは律を見つめた。

「どうあがいても今の私ではやつにはかなわない。いずれ叩きのめしてやるが、今はまだ無理だ。それにしても、まさかおまえがバルナバスの息子だったとはな……」

「ゴンタ……」

「私がおまえに惹かれたのは、おまえに流れる魔族の――バルナバスの血に反応したのか……」

途中まで言いかけ、「いや、違うな」とゴンタは小さく息をついた。

「私はおまえの魂の色に惹かれたのだろうな」

「魂の色？」

それに「ああ」と頷き、ゴンタは言った。

「魔族は生き物の魂を喰らう。歪んでどす黒い魂が恐怖に怯えれば怯えるほど美味なものになる。逆に美しすぎる魂はそれ故に美味くない。おまえの魂はそのどちらでもなかった」

茜色に染まった夕焼けが闇に支配されつつある一瞬の大禍時。律の魂はその時の空と同じ色をしているとゴンタは言った。

「おまえと初めて出会った時、魂を喰らいたいと思わなかった。これは我が伴侶となるものの魂だと、そう思った。だから私はおまえを捜した。捜して捜して、ようやくおまえを見つけた時は、このまま消滅してしまってもいいとさえ思った」

それほどの喜びだったとゴンタは言った。

「あやつが迎えに来た時おまえに帰れと言われて一旦は戻ったが、どうしても諦めきれなかった。だからもう一度やってきたのだ」

それこそ魂を吐き出すようにゴンタは言葉を一つ一つ搾り出す。それを黙って聞いていた律はぽつりと言った。

「でも……あっちで仕事が山積みなんだろ」

「全部済ませてきた」

「魔王が仕事をさぼってるとまたあの銀髪の怖い家臣がくるぞ」

「それも心配無用だ。あやつにはこれが最後だと言ってきた」

「最後?」

問い返すとゴンタが「ああ」と頷く。

「魔族は繁殖期が決まっている。今を逃すと私には後がない。だからおまえを伴侶にと乞うのは

「これが最後だ」

ふいに神妙な面持ちをしたゴンタがゆっくりと立ち上がる。

ベッドに座る律の足元に膝をついたゴンタがふいに手を取った。驚いて手を引こうとすると、そのままぐいと引き寄せられる。

不思議な色に輝く黄金色の瞳がじっと見据えてくる。虹彩の真ん中にあるより深い金色をした瞳孔に自分自身の姿が映っているのが見え、律は思わず目を背けた。

ゴンタの瞳に自分が映っている。それは、あまりにも切ない表情をした自身の顔だった。

ゴンタに最後と言われて胸が苦しくなった。

何度も聞かされたタマゴを産んでくれという言葉。馬鹿なことを言うなと拒否し続けてきたその言葉が、最後だと言われた途端にずっしりと心にのしかかってくる。

「最後って……どういうこと？　もう二度とこっちには来ないってことか？」

「おまえが拒むのなら二度と来ることはない」

「どうして……？」

「おまえの側にいればおまえが欲しくなる。繁殖期に我慢をし続けていると、いつか自制が利かなくなる。最悪の場合、おまえを喰い殺しかねない。だからこれが最後だ」

律の手を強く握り、ゴンタは言った。

「タマゴは産めずともよい。律、私の伴侶となってもらえないか」

改めて乞われ、律は迷った。

以前、魔族に性別らしきものはないと聞かされた。種を受け入れた側がタマゴを宿すのだということも。

どうやら律も魔族と人間、両方の血を引いているようだが、人間の男として二十五年間生きてきた。自分が魔族だと思ったことは一度もないし、魔族であることを自認させられるようなものも何一つない。あるとすれば、魔物たちと意思の疎通ができるという妙な力だけだ。半分魔族の血を引いているとは言え、その程度の自分が魔王の伴侶になれるわけがないではないか。

「無理だよ、ゴンタ。俺は人間だし、男だし……その……たぶんタマゴも産めないからさ……」

「だがおまえの父はバルナバスだ。半分は魔族の血が流れているのだし、タマゴのことは可能性がないとは言い切れない。さっきから言っているとおり、たとえ産めなくてもかまわない」

「でも……」

ゴンタにはこの繁殖期を逃せば後がないのだ。ならば、タマゴが産めるかどうかわからない中途半端な自分よりも、きちんとした魔族を伴侶に選んだ方がいいに決まっている。

「前も言っただろ……俺なんかじゃなくてさ、ちゃんとタマゴを産んでくれるおまえと同じ魔族を伴侶にしろよ。その方が絶対に――」

「何度も言わせるな、律。おまえでなければならないのだ！」

珍しく声を荒らげたゴンタが、律の背をきつく抱き締めた。

「おまえだけなのだ。初めて出会った時からおまえだと決めていた。おまえ以外の伴侶など考えられないし、考えたこともない。私が伴侶として望むのはおまえだけだ――」

「ゴンタ……」

「おまえがどうしても嫌だというなら諦める。繁殖期は逃すが別にかまわない。おまえ以外と交わるくらいなら命が尽きるまで一人でいる方がましだ」

繁殖期に誰とも交わらない。それはゴンタが自身の血脈を途絶えさせるということだった。魔王の血を引く魔族がどれほど重要なのか律にはわからない。けれど、それは魔界にとって大きな痛手となるのではないだろうか。

先代の魔王であるバルナバスは人間である律の母に恋をして律が生まれた。そして今の魔王であるゴンタもまた人間と魔族両方の血を引く生粋《きっすい》の魔族とは言いがたい律に恋をしている。

魔王が二代続いて魔族以外との間に子をもうけるようなことをしていいのだろうか。おまけに半分は人間の男である律にはおそらくタマゴは産めない。

それよりも、タマゴが産めようが産めまいが、ゴンタの伴侶となると律にとって重要な問題が浮上するのだ。

「あのさ……一応確認なんだけど、交わるってことはさ、やっぱりその……セックスするってことだよな？」

「私の性器をおまえに挿入するのかということか？　まあ、その逆でも私はかまわないが、我ら魔族が人と交わるのならばそうするしかない」

「やっぱりそうだよな……でも俺、そういう経験なくて……あ、いや、男とどうこうじゃなくて、女の人ともしたことないっていうか……」

童貞であることを告白すると、ゴンタがそんなことかと笑った。

「私もまだ誰とも交わったことなどないぞ」

「え……？」

「繁殖期に入ったから伴侶を探しにこっちまで来たのに、出会ったばかりのおまえはまだ子どもだったからな。子どもと交わってもタマゴはできないし、あの時の私にそんな体力も魔力もなかった」

人間の強い毒気にあてられて小さな獣型を保つのが精一杯だったと言い、ゴンタは律の瞳を覗き込んだ。

「おまえたち人間は交尾が好きで、成体になれば常に繁殖期だと聞いていたのだが、おまえはどうして誰とも交わらなかったのだ？　とっくの昔に成体になっているのだろう？」

「どうしてって……」

別に好きで童貞をキープしていたわけではないし、むしろ律くらいの年齢の男だと童貞率は意外に高いような気もする。

「まあ、確かに人間は万年繁殖期かもしれないけど、セックスが好きかどうかは個人差があるというか……」

「おまえはどうなのだ？」

問われて思わず黙り込む。

性的な興味が薄いのは確かだ。だからといって全く性欲がないわけでもなかった。現に、こうして人型になったゴンタに触れられていると、体の芯がじわりと火照ってくる。

「嫌いってわけじゃないけど……俺、男とそういうことするって考えたことなくて……」

「何度も言っているだろう。魔族に性別などない。種を受け取った側がタマゴを産む。そして、私は今繁殖期を迎えていて、おまえは半分魔族の血を引いている。これがどういうことかわかるか、律」

「どういうことかって……どういうこと？」

律の質問にゆるりと口角を上げ、ゴンタが耳元に唇を寄せた。

「おまえに流れる魔族の血が私の繁殖期に反応しているはずだ――」

耳に息を吹き込むように囁かれ、律は背を震わせた。

腹の奥からじわりと湧き出してくるのは、紛れもなくこの男が欲しいと思う感情だった。

ゴンタと会ってからというもの、ずっと体がじくじくと疼いていた。なぜ男に欲情するのか不思議に思っていたのだが、繁殖期に反応していると言われれば納得もいく。

「父であるバルナバスと会っておまえの魔族の気が覚醒したのだろうな。以前は何も感じなかったが、魂だけではなくおまえの魔族としての気が私を求めて昂っているのがわかるぞ、律」

断定的に言われて反論しようと思ったが、言葉がうまく見つからなかった。自分のこの気持ちをどう伝えればいいのかわからず、ゴンタから目をそらす。

「私と交わるのは怖いか？」

尋ねられ、逡巡《しゆんじゆん》の後に無言で頷いた。

怖くないわけがない。そう思う反面、自分の中で芽生えているゴンタに対する欲情を持て余した。欲しいと言われればそれに応じようとして性器が硬くなる。ゴンタの言うとおり、自分に半分流れる魔族の血が魔王の繁殖期に反応しているのだろう。それならばこうなっても仕方ないと言い訳が立つが、そうではない別の感情も同時に芽生えているのだ。

おまえだけだと言われ、涙が出そうになった。

他の誰でもなく、生涯の伴侶はおまえでなければならないというゴンタの言葉に、心が喜びで打ち震えた。

子どもの頃からずっと孤独だった。魔物が見えるという妙な力のせいで同級生たちに気味悪がられ、律はどこに行っても一人だった。

いじめられたわけではないが、おかしなやつだと皆から避けられるのはやはり辛い。それでも律は別に平気だと自分に言い聞かせて学校に通った。友達ができない律の遊び相手は、気まぐれに現れる悪意のない小さな魔物たちだけだったのだ。

だから、大人になり学校という束縛から解放された律はこちらの世界で迷子になっている魔物たちを元の世界に帰す仕事を始めた。それは、孤独だった自分の心を慰めてくれた悪意なき魔物たちへの礼の意味もあったのだ。

母は律を愛してくれた。それでも心の中に棲み着いた孤独感は埋められなかった。ずっと魂の半分が足りていないように感じていた時に、この男が現れた。まるでその足りない半分を補うかのごとく、ゴンタは律の前に現れたのだ。

ようやく会えたな——。

再会した時、ゴンタは笑ってそう言った。律に会えたことを心から喜んでいる声だった。

「ゴンタ……俺……」

「大丈夫だ。酷いことはしないと約束をする」

言いながら頬に口づけられた。額に、瞼に、再び頬にと、唇が押しつけられ、やがてその唇は律の唇を覆った。

「ん……ぅ……」

歯列をこじ開けた柔らかな舌が、口蓋に触れる。そこを舌先で撫でられ、何ともいえない快感が湧き出した。

濃厚な口づけにどう応えていいのかわからず戸惑う律を、ゴンタが苦笑交じりに抱き締める。律の髪に顔を埋めながらゴンタがふっと笑みを零した。

「やはりおまえに触れていると力がよみがえってくる」

「そうなのか？」

「ああ、十五年前もそうだった」

繁殖期を迎えて魔界に伴侶を求めたものの思うような相手が見つからず、人間界との扉を開いた。バルナバスが人間に子を産ませたと聞いて、もしかすると自分もと思う気持ちが少なからずあったとゴンタは言った。

ただ、人間界を長くうろつきすぎたせいで人の毒気にあてられて身動きが取れなくなってしまった。まさか人間が放つ毒気がこんなにもすさまじいとは、さすがに想像もしていなかった。

「侮っていたが人間の放つ毒気は相当なものだった。人間に接すれば接するほど魔族としての力がどんどん奪われていくのにはさすがに参った」

毒気にあてられて魔力が半減してしまったせいでついに人型を保てなくなった。できるだけ無駄な力を使わなくて済むよう体を小さな獣型にしたのだが、今度はそれが仇になって下校途中の小学生に追い立てられる羽目に陥った。

何とか魔界との扉があるあの屋敷まで逃げ込んだところを子どもたちに追い回され、いっそ喰い殺してやろうかと思っていたらそこに律が現れたのだ。

「おまえが私を抱き上げた瞬間に失っていた魔力が戻ってきた。なんという不思議な人間なのだと思った」

あの時はまさか律に半分魔族の血が流れているとは思いもしなかったとゴンタは苦笑する。

「前も言ったと思うが、おまえに会えなかったら私は街中の人間を殺して魂を貪り喰らっていただろう。おまえに貰ったコッペパンは確かに美味だが、人間の魂の味は別格だからな」

それが本来の魔族のあるべき姿だと付け加え、ゴンタは律の頬に指を滑らせた。

「あの日、私の伴侶はおまえだと決めた。魔界と人間界とでは時の流れが違う。あの時おまえは明日と言ったが、私にとっては十五年経った今が明日だったのだ」

そう言ってゴンタは律の手に口づけた。

「十五年の間におまえはこんなにも美しく育った。私の――魔王の伴侶として申し分ない」

「ゴンタ……」

思わず名を呼ぶと、ゴンタがくすっと呆れぎみに笑う。

「全く、おまえたち親子は揃いも揃って名付けが下手だな。おまえは私をゴンタと名付けるし、おまえの母はバルナバスをシゲゾウなどと名付けるし――」

ふいに神妙な面持ちをしたゴンタがゆるりと口角を上げた。

「先ほども聞いただろう。我が真名はテオドールだ」

「え……？」

「テオドール・シルヴァーン・ナーゲルト・シュヴァルツェル・ハウンデル」

「ちょ……それって本名？」

「我が真名だ」

「長っ」

そういえば恵麻もバルナバスの真名が長いから覚えられないと言っていなかったか。

「我が真名を呼べ、律」

「いや、呼べって言われても……」

一度でそんな長い名前を覚えられるわけがない。

「覚えられないなら私の言葉を復唱すればいい」

「でも……名前を呼んじゃだめなんだろ。支配されるって前に――」

「かまわない。真名を呼べば私はおまえに下る。魔族を統べる魔界の王はおまえのものになり、おまえは我が伴侶となる。それが契約だ、律」

もう一度真名を呼べと言われ、律はごくりと喉を鳴らした。

魔王の伴侶が何を意味するのか律にはよくわからない。人間と魔族、両方の血が流れているとはいえ、律はずっと人として生きている。魔王の伴侶となることで、もしかすると本物の魔族になってしまうかもしれないのだ。

自分が魔族になる。人ではなくなってしまうかもしれない恐怖に律は怯えた。

けれど、それ以上の恐怖があった。

それはこの男を永遠に失うかもしれないという恐怖だ。

これが最後だと言っていた。ここで律が拒否すれば、ゴンタは魔界へ帰り二度と律の前に姿を現すことはないだろう。

ゴンタ――。

そう呼びかけようとして、律は口を閉ざした。改めて目の前にいる男を見上げる。

やはり美しいと思った。

褐色の肌を縁取る黒い髪も、黄金色の瞳も、人にあらざるものだけが持つ妖艶な美しさだ。たとえ獣型でいる時でさえも、その美しさは変わらない。そして、その美しい魔王が欲しいと律に流れる魔族の血が叫んでいた。

「俺、タマゴは産めない可能性が高いけどいいのか……?」

「もちろんだ」

「伴侶ってのになっても、魔界には行かないぞ。それでも――」

「かまわない。私がこちらに通えばいいだけだ」

何の問題もないと言うゴンタを律は見つめた。口を開きかけ、また閉じる。数回それを繰り返し、律はふっと息を吐き出した。

黄金色の瞳が返事を待って少しばかり不安げに揺れている。それをじっと見つめた律は、意を決してその言葉を口にした。

「テオドール――」

囁くように名を呟くと、ゴンタの――テオドールの瞳が光彩を放った。

「シルヴァーン・ナーゲルトだ、律」

「シルヴァーン・ナーゲルト……」

言われるままに復唱するごとにテオドールの瞳が強く輝く。

「シュヴァルツェル・ハウンデル」

「シュ……シュヴァルツェル……ハウンデル」

「下れと言え、律」

ごくりと喉を鳴らし、律はテオドールを見つめた。

そのままテオドールの胸に手のひらを押し当てる。そして律は今まで一度も交わしたことのない魔物との契約の言葉を口にした。

「テオドール・シルヴァーン・ナーゲルト・シュヴァルツェル・ハウンデル――魔を支配するものにして我が闇の盟友なるもの。あまたの人に恐怖を抱かせる闇のものよ」

テオドールの胸の中心に押し当てていた律の手が淡い光に覆われる。

「我に下れ、魔界の王テオドール――」

次の瞬間、律が普段持ち歩いている懐中時計の蓋に彫刻されているものと全く同じ文様がテオドールの胸に浮かび上がった。

黒いスーツとシャツを焼き焦がし、その文様が胸の中心に彫り込まれていく。同時に、テオドールの体も光彩に包まれた。

テオドールの体を覆っていた黒いスーツが一瞬で消える。目の前に現れたのは引き締まった体と褐色の肌だった。黒い髪もいつもよりも長くなり、背に向かって鬣《たてがみ》のように流れている。

こめかみのやや上側の頭に生えた大きな耳と、肉食獣のような犬歯。明らかに人間とは違うその姿を、律は茫然と見上げた。

「これが……本来のおまえの姿なのか……？」

「この姿が恐ろしいか？」

尋ねられ、首を横に振った。

怖くはなかった。むしろ、美しいとさえ思った。

胸のやや真ん中には、たった今彫り込まれたばかりの文様が赤々と浮かび上がっている。まるで所有の証のようなそれを見つめ、律はそのまま視線を下げた。

テオドールの下肢は布で覆われていたが、その中で肉茎が雄々しく屹立しているのが見て取れた。布にくっきりと浮かび上がるいかにも魔族らしい牡の証は気になるが、それよりも律の視線を奪ったのはテオドールの首に嵌まったままの真っ赤な首輪だった。

こういう時でさえも首輪だけは外そうとしないテオドールに、呆れると同時に笑いが込み上げてくる。

「おまえさ……こういう時くらいそれ外せよ……」

せっかくの艶っぽい雰囲気もその首輪で全て台無しだ。

そう言って笑った律に、テオドールもまた「愛の証は外せない」と笑みを向けた。

爛々《らんらん》と輝く黄金色の瞳。その瞳を魔族特有の光で輝かせながら、テオドールの唇がゆっくりと笑みの形に変わっていく。

「律、我が主にして愛しき伴侶よ――」

言い終わると同時に唇に唇が押しつけられた。

深く口づけられ、とっさに目を閉じる。歯列を割って絡みついてくる舌は、まるで魂を貪り喰らうかのような深い口づけだった。

8

浮遊感がしたと思った次の瞬間、背に柔らかなものが当たった。

ベッドに横たえられたのだと思ったが、それを確認する間もなく大きな体が覆い被さってきた。

「ちょっと……ゴンタ……」

「ゴンタではない。テオドールだ」

即座に訂正したテオドールが、啄《ついば》むように何度も口づけてくる。

返事をするなりベッドに直行されるとは思いもしなかった。最初は軽かった口づけが少しずつ深くなり、そして激しいものになっていく。

「ん……ぅ……ふ……」

貪るように口づけられ、とっさにテオドールにすがりついた。それをどう受け取ったのか、テオドールが胸元に手を這わせてくる。

「ちょ…ちょっと待って……そんな急に……」

「待てるわけがないだろう。私がどれだけ我慢をしていたと思っているのだ。もうとっくに限界にきているのだぞ」

「いや、でも……あっ――」

いきなりシャツの上から胸の小さな突起を擦られ、息を呑んだ。そこから湧き出す甘い疼きに誘われて声が漏れ出す。

「は……ぁ……、あ……」

テオドールが言う交わるということがセックスを意味しているのはわかっている。だが、頭で理解するのと実際にこうして愛撫を受けるのとでは天と地ほどの差があった。

「おまえはここを弄られると気持ちがいいのだったな」

言いながら乳首と乳暈を摘ままれ腰が砕けそうになる。

「あ……ぁ……、待って――」

無言のまま首筋を吸い上げられ、体の芯にぽっと火が点いた。テオドールの手が胸や脇腹を自在に這い回り、律の服を乱していく。

性的な経験が乏しい律にとって、テオドールの愛撫は全身が蕩けてしまいそうな濃厚なものだった。

今までテオドール以外の誰ともこういうことをした経験がなかった。キスはもちろん、誰かとこんな風に体を密着させたこともない。ましてや胸など、自分でも弄ったことがなかった。ここをこんな風に弄るのはテオドールだけだ。

少し尖った爪が肌を掠めるように撫でていく。指先が触れた場所がどんどん熱くなっていくような錯覚に陥り、律は枕をぎゅっと摑んだ。愛撫の手を振り払いたくてもそうすることすらできない。

「ああっ……あ……は……、そこ……だめ……だって……」

「そことはどこだ」

乳暈を撫でていた指がつんと尖った先端を弾く。そのまま乳首を捏《こ》ねるように擦られ、腰が跳ね上がった。

「は……ああっ！」

思わず上げてしまった自分の嬌声が耳に届き、一気に顔が熱くなる。

自慰でさえあまりすることがないというのに、テオドールは一切の遠慮をすることなく律を責めようとしていた。淫らすぎる愛撫の手にあっけなく陥落してしまいそうになる。

「あ……ふ……」

「いい声だ、律。おまえの声に気持ちが滾る。もっと聞かせてくれ――」

首筋に唇を押しつけながらテオドールがシャツの裾から手を忍ばせる。細い指で直接乳暈を擦り上げられ、律はびくんと喉をのけぞらせた。そのまま指先で乳首をこりこりとしごかれて、たまらずテオドールの腕にすがりつく。

「そ……そこばっかり……、も……嫌だ……」

愛撫に翻弄され、ジーンズの下で性器が痛いほど張り詰めている。胸を刺激されればされるほど律の性器は形を変えて硬くなった。

勃起してしまったせいで包皮が下がり、剝き出しになった先端が下着の布に擦れている。それが先ほどからたまらない快感となって押し寄せてくるのだ。

なのにテオドールは性器に一切触れず、胸だけを執拗に責め立てる。一番触れて欲しい場所に触れてもらえないのは拷問にも等しかった。

「もう……だめ……だ……、感じすぎて……変になるっ……」

律が恨みがましい視線を向けると、テオドールがくすっと笑った。

「どうした、律。そんなかわいらしい顔で睨まれても怖くも何ともないぞ」

「黙れよ……酷いことはしないって言ったくせに……、こんなの……」

「酷いことなど何もしていないだろう。私はおまえに感じてもらっているだけだ」

またもやきゅっと乳暈を摘ままれ、律は喉を鳴らした。やや尖りぎみの爪が、小さな乳首を引っかけるように弾いていく。

テオドールは誰とも体を繋げたことはないと言っていたが、その言葉は絶対に嘘だと律は思った。初めてだというのならば、こんな淫らな愛撫の仕方をいったいどこで覚えてきたというのだ。

「ふ……ぅ……、う……ああっ……」

胸から伝わる快感がそのまま下肢に流れ込み、律の肉茎が先ほど以上に硬くなった。嬌声を抑えきれず自ら口を塞いだものの、意味がないくらい甘い声が漏れ出してくる。

「あ……ふ……、あ……ぁ……」

「もっと感じてくれ、律――」

「嫌……ぁ……、あぁ……う……ぁ……ああっ……」

「もっとだ、律。タマゴを産んでもらうためには、おまえにはたっぷりと感じてもらわなければならない」

そう言ったテオドールが乱れきった声を上げる律のシャツの前をはだけた。

露わになった胸の突起の周囲は、先ほどからの愛撫のせいで薄桃色になっていた。弄られすぎた乳首もぷくりと隆起してしまっている。

小さな快感の源を撫でていたテオドールは、ふいにそこに唇を寄せた。

「だ……だめだって、ああっ……！」

拒絶の言葉もむなしく、そこをちゅっと吸い上げられた。そのまま舌先で先端を舐め回され、頭の中が真っ白になる。

「ああっ……あ……、嫌だ……ぁ……」

快感のあまり浮き上がってしまった背中や腰がびくびくと痙攣《けいれん》した。

射精もしていないのに絶頂感に似たものが全身を駆け巡っていく。体が甘い熱で蕩けてしまいそうだった。

「おまえの体をよく見せてくれ――」

そう言ったテオドールがジーンズのベルトを外した。スプーンを使う時はあんなにも不器用なのに、どうしてこういう時にだけこの手は器用に動くのだろうか。

やがてベルトを外したテオドールは、律のジーンズを引き下ろした。下着もまとめて脱がせ、ついでに腕に絡まっているばかりのシャツをも毟《むし》り取る。

煌々《こうこう》と明かりがついたままの状態で全裸にされ、律は慌てて布団をかき寄せようとした。だが、その手をテオドールが簡単に拘束する。両手をがっちりと押さえ込んだ状態でのしかかってきたテオドールを律は茫然と見上げた。

中途半端とはいえどちらかと言えば人型に近いはずなのに、テオドールが獣に見える。獰猛な牡の目になった黄金色の瞳に見据えられ、得も言われぬ恐怖を感じた。

黄玉《トパーズ》の瞳――。

ギリシャ語で『探し求める』という意味を持つ『トパゾス』が語源だと言われる宝石と同じ色をしたこの瞳に魅入られる。魔界を統べる王の瞳に心も体も呪縛されてしまいそうだった。

「私を受け入れてくれ、律。そして永久《とわ》の伴侶となってくれ——」

そのまま噛みつくような口づけを何度も繰り返され、律は甘い声を上げ続けた。

テオドールは律の体のあちこちに赤い跡を残していく。胸元に集中してつけられたそれは、きつく吸い上げられた跡だった。

「も……もう……、だめだって……」

律の抗議の声を完全に無視してテオドールが耳朶を舌で愛撫している。耳、そしてうなじを這い回る舌の感触に翻弄され、律の体は我慢の限界を訴え始めた。愛してほしいのはそこではない。もっと別の、より強い快楽を得られる場所だ。

「も……嫌だ……そこばっかり……」

「ここは嫌か？　ならばこちらはどうだ？」

下肢に手を伸ばしたテオドールが、先端から露を滲ませる律のものに触れる。根元から先端に向かってそこを撫でられ、甘い熱が込み上げた。

「は……あっ……、あ……」

他人に触れられたことのない場所をテオドールが愛撫している。恥ずかしさと快感が同時に訪れ、自分でもどうしていいのかわからなかった。

「律……おまえのここが愛しいぞ」

くるりと先端を撫でられ、喉が鳴った。そのまま体を下にずらしたテオドールが、律の両膝を割り広げる。

両足を左右に開かれ、律はとっさに目を閉じた。次に来る快感が何であるのか、経験がなくとも想像はできる。

「律、脚の力を抜け――」

そこにふっと息を吹きかけられ、吐息が漏れた。膝の力が抜けた瞬間、肉茎がぬるりとした感触に包み込まれる。

「あ……、ふ……」

先端をじゅっと吸い上げられて、律は喉をのけぞらせた。快感のあまり背と尻が勝手に浮き上がっていく。

「ああっ……う……、は……ぁ……ああっ――!」

くびれの外周を舌でなぞられ、たまらない喜悦に満たされた。腰ががくがくと震え、テオドールの口の中で性器が跳ね上がる。これだけでも苦しいほどの快感なのに、テオドールはさらに律を高みへと追い立てようとした。

先端にある小さな口を舌先で抉られ、目を見開いた。舌先をねじ込むようにそこを舐め、またくびれの外周をなぞっていくそれの動きに翻弄される。

「い……嫌……だ……、もう……それ……、嫌……ああっ――」

イきそうでイけないもどかしさに、律は激しく頭を振り立てた。

温かな口腔や舌に勃ち上がってしまったものを包み込まれるのは、初めての経験だった。知識では知っていたけれど、これがこんなにも強い快感だとは想像もしていなかった。

「出してもかまわないぞ、律」

先端を舌先で抉りながらテオドールが囁く。まさに悪魔の囁きともいえるその声に煽られ、律は開放感と法悦が同時に訪れ、ほっと息をつく。だが、絶頂の快感に震えているところを、テオドールの口の中に白濁を放った。

ドールはさらに激しく責め立て始めた。

「え……嘘……」

「まだだ、律。もっと感じてもらわねば――」

「だ……だめだってっ……まだ……ああっ……」

甘い熱が再び湧き起こり、律は体を痙攣させた。拒絶もむなしく、二度目がテオドールの口の中で迸《ほとばし》る。それでもテオドールは律を解放しようとしなかった。

「ちょ……無理っ……、もう無理っ……」

まだ白濁を零す肉茎を唇で搾り上げられ、律は慌てて腰を引いた。激しい口淫から逃れようと身を捩るが、がっしりと腰を摑まれ身動きが取れない。ほどなく三度目の絶頂感が押し寄せ、律は体を硬直させた。腰にわだかまる熱がまたもや下腹に集中し始める。

たっぷりと感じてもらわなければならないと言っていた通り、テオドールは律をより深い快楽へと導こうとしている。そして、その言葉を忠実に実行したテオドールによって、律は三度目の絶頂の渦に叩き込まれた。

「あっ……あっ……、あぁっ――――！」

耳鳴りがすると同時に、腹の奥がきゅんと搾られる。精路を白濁が抜けていく感覚が伝わり、律は喉を鳴らした。

「テオドール……っ、もう……だめだっ……、本気でおかしくなるっ……」

なおも肉茎にしゃぶりつこうとするテオドールの髪を引っ張り、身を捩らせる。

短い間隔で三度テオドールの口の中に白濁を迸らせた。二度目はまだしも、三度目になるとさすがに白濁も薄くなっている。執拗な愛撫を繰り返され、もう搾り出す精液もなかった。

「無理……もう……やめてくれ……」

荒い息をつきながら懇願すると、テオドールが律を濃厚な口淫から解放した。ほっと息をついたのもつかの間で、次に訪れたのはあり得ない場所への愛撫だった。

「テ……テオドールっ……」

律の脚を抱え上げたテオドールが、性器ではない場所に舌を這わせている。パンパンに張り詰めてしまった袋のやや下をちゅっと吸われ、全身が総毛立った。舌先がそのままもう少し下にある肉の輪をなぞっていく。

「あっ……ふっ、だめ……だって……、そんなとこ……ああっ——！」

恥ずかしさと快感が同時に訪れ、またもや肉茎がびくんと跳ね上がった。透明な露を溢れさせた律の牡を軽くしごいたテオドールが、露に濡れた指でひくひくと蠢いている後孔を撫で始める。

「あ……ぁ……、んっ……」

「もっと感じてくれ、律——」

テオドールが囁きながらゆるゆるとそこを撫で回し、そして指を浅く埋める。ぬるりと入り込んできた指の感触が伝わった途端、律は息を呑んだ。

「あ……ぁ……、あっ——！」

テオドールの指が肉壁を押し上げるように後孔の奥へと入り込んでくる。指の腹で中をゆっくり擦られると、自然に腰が浮き上がった。必然的に見せつけることになってしまった肉茎を、テオドールがきゅっと唇で挟み込む。

「あ……ふ……、ああ……あ……ああっ！」

勃ち上がってしまった肉茎を唇で、ひくひくと蠢く後孔を指で責め立てられ、律は狂わんばかりに身悶えた。

こんな快感は知らない。

一度も経験したことのない甘ったるい熱が全身を苛み、律を深い快楽の中と誘っていく。

頭の中が真っ白だった。何かを考えることを脳が拒否し、ただひたすら快楽だけを貪ろうとしている。

「律……」

息を荒くしながらテオドールが名を呼んだ。

体を起こしたテオドールが、自身の肉茎に手を添えている。

人のそれとは形が少し異なる肉欲的な性器を見せつけられ、腹の奥が疼いた。怖いと感じつつも、それが欲しいと思ってしまう自分の浅ましさが嫌になる。

「このまま交わってもいいか、律」

最終確認をするテオドールに頷きかけ、律は自ら脚を開いた。

テオドールの性器の先端がぬるりと濡れている。それが後孔に触れ、周囲をゆっくりと撫でさすった。

ぬるぬるした性器の感触は微妙な快感となって律を翻弄する。自身の先走りで律の後孔を濡らしたテオドールは、そこに先端を押し当てた。

湿った音を立てながら、テオドールの肉茎が後孔の輪を割り広げていく。指とは比べものにならない太さのものに狭い輪を広げられ、律は体をこわばらせた。

「いっ……」

「苦しいか？」

心配げに尋ねてくるテオドールに「大丈夫」と頷き、律は背に腕を回した。

できるだけ楽に受け入れられるよう少し体をずらす。そうして、ふっと息を詰めて体を開いた。

「律――」

名を呼びながら再び先端を押しつけられ、思わず目を閉じた。テオドールが溢れさせる先走りに助けられたのか、やや丸みを帯びた先端が肉の輪を限界まで広げて中に入り込む。痛みを感じる間もなくずんと奥まで押し込まれ、律はテオドールにすがりついた。

「あ……ああ……あ――！」

襲いかかってきたのは強烈な圧迫感だった。挿入した途端に、肉茎が容積を増したのではないかという錯覚にさえ陥る。

「は……ぁ……、あっ……ああっ……く……」

痛みがあるのかもしれない。けれど、結合部から湧き出す快感はそれを凌駕するほど強いものだった。

「あ……あ……ぁ……、ふ……」

ずるりと奥に入ったものがまた引き出されていく。丸い先端で肉壁を押し上げられる感覚が中から伝わり、それが一瞬で快感に変わった。

後孔の浅いところから奥までをテオドールの肉茎が何度も擦っていく。そのたびに律の性器から半透明の露が迸った。

声もなく絶頂に達した律を、テオドールがぎゅっと抱き締める。

「律……、律っ……」

荒々しく名を呼びながら、テオドールは達したばかりの律に向かって腰を叩き付けた。中を激しく穿《うが》たれるたびに快感の源を刺激され、じくじくとした甘い疼きが下腹に広がっていく。すすり泣くような声を漏らしながら、律はテオドールにすがりついた。

「あ……ぁ……、テオ……ドール……、すごい……もう……あぁっ――！」

またもや絶頂感が訪れ、体が硬直した。

抱き締められたまま背をのけぞらせ、テオドールの腕に爪を立てる。

もう限界だった。

魔族らしい妙な凹凸がある性器で肉襞を引っかけるように擦られ、全身が蕩けてしまいそうだった。初めてでこんなに激しい交合を覚え込まされてしまうと、テオドール以外の誰かと体を繋げる気など起きないだろう。

「律……もっと深くまで入れてもいいいか」

返事をする前に体を引き起こされ、膝に抱かれた。テオドールに跨がるような格好になったと思った途端、下からずんっと突き上げられる。

「う……く……ぅ……、ああっ！」

これ以上無理だと思っていたものがより深くまで挿入された。奥深い場所に先端が入り込み、そこにある快楽の源をぐいぐいと刺激する。

「だ……だめだ……、テオドールっ……、そこは……ああっ――」

腰を浮かそうにもしっかりと背を抱かれて身動きが取れない。力強い腕に抱かれたまま、律は後孔に強烈な快楽を与えられ続けた。

「あ……イく……、また……ああっ！　あぁ……もう……だめ……だ……め……」

絶え間なく訪れる絶頂感に苛まれ、思考は完全に麻痺していた。いったい何度吐精したのか自分でもわからない。噴き上がるそれが精液なのかもわからなかった。

ずくずくと奥を小刻みに刺激され、またもや快感の波が押し寄せてくる。自慰とは比べものにならない終わりのない快楽は、若い律の体をいとも簡単に暴走させた。

「は……あ……、ヤバイ……気持ちいい……」

テオドールにすがりつき、自ら腰を揺らす。ぐりっと円を描くように中を抉られ、また気が爆ぜた。

きんっと耳鳴りがし、テオドールを受け入れている部分が異物を排出しようと開き始める。その熟れきった肉襞をテオドールの硬い楔《くさび》がずるりと擦った。

「は……ああっ……！」

奥深い場所の襞に先端を引っかけ、テオドールが腰を押し引きする。その狭い輪のような場所を執拗に擦られるとたまらなく甘い熱に浮かされた。

「う……ぅ……、イく……また……イく――」

気を失いそうな絶頂感に苛まれ、律はぐったりとテオドールの胸にもたれかかった。いつの間にか達していたらしく、腹に白濁が飛び散っている。

「最高だ……律……おまえの奥が吸い付いてくる……」

うっとりと目を細めたテオドールが、律の腰を抱いた。そのまま体を前後に揺らされ、また絶頂感が訪れる。

「も……だめ……、もう……ああっ！」

「もう少しだ、律。もう少しで私も――」

逃がさないとばかりに律を抱き、テオドールが腰を突き上げた。獣めいた肉茎が律の後孔に全て収められる。

さんざん擦られて熟れきった場所に伝わったのは、先ほど感じた以上の圧迫感だった。狭い肉の筒の中で一段と大きくなったテオドールの楔が、これでもかと言わんばかりに存在を主張する。

「ああっ……ああっ――」

嬌声を上げ、律は体を痙攣させた。びくびくと震える性器から透明な露が止めどもなく溢れ出す。

やがて動きをより激しくしたテオドールが短い咆哮《ほうこう》を上げた。受け止めきれなかった白濁が結合部から溢れ出したため達したのはわかったが、それでもテオドールの性器は硬いままだった。

全く萎えることのないそれで、再び律を責め始める。

「うそ……また……？」

焦る律をぐっと抱き締め、テオドールは口角を上げた。

「繁殖期に一度きりで終わるわけがないだろう」

当然だとばかりに言い切り、律をころりとベッドに転がす。俯《うつぶ》せになったところに背後からのしかかられ、律は慌てて逃げを打った。

「無理っ……もう無理っ……」

これ以上あんな抱かれ方をしては体がおかしくなってしまう。テオドールの手を振り払いベッドから下りようとしたが、足も腰もがくがくして立ち上がることすらできない。もたついていると、腕を強く引っ張られて再びベッドに転がされた。両手をがっちりと押さえ込んだテオドールに正面から見つめられ、鼓動が跳ね上がる。

「律――」

艶っぽい声で名を呼ばれ、体の芯が喜悦で震えた。視線を下に向けると、テオドールの性器が牡を強調するように隆々と勃ち上がっているのが見える。

最高の快楽を与えてくれる獣めいた牡の証――。

繁殖期の魔王に与えられる快楽を得ようと、律の中の魔族の血がざわざわと騒ぎだした。

「ほら、おまえはまだ私を欲しているではないか――」

悪魔の囁きのようにも聞こえる言葉を口にしながら、テオドールが口づけてくる。

噛みつくような口づけは甘く、そして熱かった。これ以上の快楽を恐れつつも欲望に忠実すぎる自分に呆れるが、欲しいと思う気持ちはどうしようもない。

舌を絡め合い、吸い上げ、そして汗にまみれた互いの体を強く抱き締める。

「テオドール……」

口づけの合間に名を呼び、律はテオドールの腰に腕を回した。そのまま尻の辺りに触れると、そこに何やらふさふさしたものがある。

「何だ、これ……」

柔らかな毛のようなそれを掴むと、テオドールがびくんと体をこわばらせた。そのまま脱力して律の上にくたりと突っ伏す。

「り……律……尻尾はだめだ……そこは――」

世にも情けない声を上げられ、律は慌ててそこから手を引いた。

「尻尾？」

訝りつつテオドールの腰の辺りに目を向けると、そこにあり得ないものがあった。先ほどまでは何もなかったその場所に真っ黒な尻尾が生えている。

「ちょ……何それっ……」

「だから尻尾だと言っている……」

「尻尾って……何で……？　さっきまで生えてなかったよな？」

「仕方あるまい。通常ならば形状は自在に操れるが、興奮しすぎると人型も獣人型も保てなくなる」

「マジで……？」

そういえば、洋館でバルナバスと争っていた際のテオドールは完全に獣型だった。バルナバスも真っ白な犬の姿になっていたし、二人とも相当興奮していたということなのだろう。

「えっと……てことは、すごく興奮すると勝手に犬に戻るわけ？」

「犬ではない。魔族の獣型という形態だ」

それはどうでもいい。問題は、獣型に戻ってしまう原因だ。

「ちょっと待ってくれよ……じゃあ、セックスしてる最中に興奮しすぎると犬になっちゃうってことか？」

「そうだな。興奮すればそういうこともあるかと思うが——」

「じょ……冗談じゃないぞっ」

獣人型のテオドールならばまだ許せる。むしろ、人型より好きかもしれない。だが、完全に獣型になっている状態のテオドールとは絶対にセックスをしたくない。一番恐ろしいのは、行為の真っ最中に獣型になってしまうことだ。

「俺、犬とは絶対嫌だからなっ」

「なぜだ？　どの形態だろうと私であることに変わりはないのだぞ？」

「そういう問題じゃないっ。とにかく犬はだめ。絶対にだめだから！」

一応「わかった」と言うものの、一抹の不安は拭えない。何せ、今もテオドールの尻の上から黒い尻尾が生えたままなのだ。

それにしても――。

「耳と尻尾に赤い首輪って……何のプレイだよ、これ……」

やや獣型ぎみな獣人型のテオドールをまじまじと眺め、律はげんなりと肩を落とす。

「頼むから獣姦だけは勘弁してくれよ……」

「一応努力はする」

神妙な顔でそう言ったテオドールがそっと唇を寄せてきた。きつく抱き締められると、屹立した互いのものが擦れ合う。

腰を揺らしてわざとそこを擦れさせるテオドールに苦笑しつつ、律は再び広い背中に腕を回した。初めての夜は、まだまだ終わりを告げそうになかった。

9

別れの時はあっけなかった。

互いに吐き出すものがなくなるまで何度も絶頂して迎えた朝、律は獣型になったテオドールを連れてあの洋館に向かった。

昨日バルナバスと二人で暴れてくれたせいで、書斎は荒れ放題だった。窓がたたき割られたせいで雨が部屋の中まで吹き込んでいる。母はここを修繕してバルナバスと暮らすようだが、果たしてどれくらいの修繕費がかかることやら考えただけで目眩がしてくる。

リードを外すと、獣型のテオドールの体が光彩に包まれた。てっきり獣人型になるのかと思っていたら、黒いスーツ姿の人型になっている。首にはやはり赤い首輪が嵌まったままだったが、今さらそれをどうこう言う気はしなかった。そんなに気に入っているなら魔界まで持って帰ればいい。

「別にいいんだぞ。ここなら獣人型でも別に――」

「いい。おまえとはこの姿でいる方が釣り合う」

そんな言葉にも心がざわざわと揺れ、律はテオドールから目をそらした。

本当はもっと姿を見ていたかった。スーツを着ているテオドールも、真っ黒な大型犬のテオドールも、そして狂おしいほど体を重ねた獣人型のテオドールも、どんな姿であってもずっと側で見ていたい。

だが、どれだけそう願っても時間は残酷に過ぎていく。

テオドールは一旦魔界に戻る。戻って王としての務めを果たさなければならない。そのために律はテオドールとともに魔界との扉があるこの洋館にやってきたのだ。

やがて部屋の奥まった場所に掛けられていた大きな風景画がぐにゃりと歪んだ。妙な渦を巻いたそこから、黒いマントに身を包んだ男が現れる。

銀色の髪に紫の瞳。冷たい印象しかないその男は、テオドールの家臣らしきあの男だった。

「王、約束の刻限が――」

言いかけた男がテオドールの隣に立つ律をちらりと見やる。一瞬眉根を寄せた男は、不快感を隠そうともせずに唇を歪めた。

「たかが人間と魔族の雑種ふぜいが王の寵愛を受けたのか」

侮蔑めいた言葉を投げつけられたが、不思議と怒りは湧いてこなかった。

それよりも男の顔に嫉妬のようなものが垣間見え、なるほどと心の中で手を打つ。最初からこの男が律に冷たく当たる理由がこれではっきりした。この男はテオドールに惚れているのだ。

「そういうことか……」

思わず呟くと、男が「何だ」と睨み付けてくる。それに何でもないと手を振り、律はテオドールに目を向けた。

全く、テオドールも罪作りな男だ。目の前にこんなにも自分を想う者がいるのにそれに気づかないなど、鈍感にもほどがある。しかも、繁殖期のテオドールに魔族であるこの家臣は嫌と言うほど反応してしまっているのだろう。ともすれば、律以上に切ない感情をテオドールに抱いていたのかもしれない。そう思うと、鈍感な魔王に恋をした家臣に同情してしまいそうだった。

そんな律や家臣の心の内など微塵も理解していないのだろう。テオドールは絵画を介して開いた魔界への扉をじっと見つめている。

「行けよ、テオドール」

促すと、テオドールが振り返った。もう一度行けと言うと、強い力で抱き締められた。

「テオドール……」

「律、こやつがうるさい故、一旦魔界に帰る」

「うん、わかってる……何だかんだ言っても魔王だしな。仕事があるんだろ」

「律……」

「王、扉を閉めねば下級魔がここから溢れ出します。お急ぎを――」

名残惜しげなテオドールの言葉を遮るように、銀髪の男が言った。

魔界とこちらとの扉をそう長い間開けられては律も困る。わずかな隙間でさえも、そこから有象無象の魔物がどんどんこちらに流れてきてしまうのだ。こんな大きな扉を開けっぱなしにされては、それこそバルナバス級の魔物が流れ込んでこないとも限らない。

「早く行けよ。家臣が呼んでるぞ」

「律」

「いいから行けって。帰らないなら俺が強制的に送り返すぞ」

抱擁を振りほどき、律はテオドールの背を押した。ゆっくりと閉まろうとする魔界への扉に入りかけ、テオドールはまた律を振り返った。絵の前に立つ律の手に、小箱を握らせる。

「これは……？」

「前に言った私からの愛の証だ。受け取ってくれ」

箱を開けると、中に入っていたのは律の懐中時計と同じ文様が彫り込まれたペンダントトップがついたネックレスだった。その裏側にはあのいびつな形をした城が彫刻されている。

「魔王の伴侶の証だ。きっとおまえの母御も持っているはずだ」

「伴侶の証……」

繰り返した律に「ああ」と頷き、テオドールは言った。

「律、昨晩おまえは私の伴侶となった。たとえタマゴを産めずとも、おまえは私の唯一無二の存在だ」

「うん……」

「すぐに戻る。それまで待っていてくれ。約束だぞ、律」

「うん……」

待っている。ずっと待っている――。

律のその言葉がテオドールの耳に届いたかどうかわからない。黒い渦を巻いていた絵画がゆっくりと元の風景画に戻ると、テオドールたちの姿はそこから消えていた。

しんと静まりかえった書斎をぐるりと見回し、律はふっと息をついた。

「帰っちゃったか……」

もしかすると今までの日々は夢だったのではないだろうか。

いきなり部屋に押しかけてきた黒いスーツの男などおらず、部屋のクッションを占拠していた大型犬もいなかった。全てが夢か幻だったのかもしれない。

「でも……夢じゃないよな……」

律の手にあるのは、銀色のネックレスだった。テオドールから手渡された『魔王の伴侶の証』。これがテオドールが実在したことを物語っている。

「テオドール……」

去り際、テオドールはすぐに戻ると言った。けれど、魔界とは時間の流れが違うと聞いている。事実、父のバルナバスに会ったのも二十年ぶりだった。バルナバスはほんのわずかな時間だけ魔界に帰ったと言うが、その間にこちらは二十年の年月が流れていた。

自分が生きている間にテオドールに再会できるだろうか。次に会った時には、律はテオドールが気づかなくなるくらいの老人になっているかもしれない。

それでも――。

「またいつか会えるかな……」

祓魔師という仕事をしていると、また会えるかもしれないと律は思った。

テオドールは絶対に約束を破らない。十五年前の約束を守って律を捜しにやってきた。

だから、待っている。テオドールが再び捜してくれるのをずっと待っている。

「俺、待ってるからな。ずっと待ってるからな――」

テオドールに貰ったネックレスを握り締め、律は魔界との扉となった絵画に背を向けた。

書斎を出て玄関ホールへと向かうと、吹き抜けになっているホールの窓から朝日が差し込んでいる。昨夜の雨で汚れが流されたのか、玄関の真上に飾られた青い薔薇模様のステンドグラスは、かつて見せていたであろう美しい輝きを放っていた。

10

テオドールが魔界に戻り半年が過ぎた。季節は冬から春になり、そろそろ夏になろうとしている。

律は相変わらず鈴村の依頼を受けて心理的瑕疵物件を回る毎日を送っていた。

幸いにしてバルナバスのような強烈な魔物に遭遇することもなく、仕事は順調に片付いている。

あれから母の恵麻は修繕を終えた洋館に移り住み、シゲゾウことバルナバスと楽しい毎日を過ごしているらしい。ただ、人間である恵麻といるとバルナバスは毒気にあてられてどうしても魔力を失ってしまう。仕方なく律は時々洋館に赴いてはバルナバスと不本意な抱擁を交わしていた。

テオドール同様に、バルナバスもまた半分魔族の血が流れている律に触れていると魔力が戻ってくるらしい。幼い頃の律にはあまり魔族としての力がなくバルナバスも気づかなかったそうだが、今は違った。特に、テオドールと体を繋げてからは、魔物に対峙する際の祓魔師としての力も強まったような気がする。

実の父とはいえ一度殺されそうになった相手を何が悲しくて抱き締めてやらないといけないのかと思うが、バルナバスが消滅すると母が悲しむ。今日も恵麻に夕食に招かれた律は、獣型なら抱き締めてやってもいいと言い、ふてくされながらも白い大型犬になったバルナバスを思う存分撫で回してやった。

そうして夜遅くに実家となった洋館を辞した律は、自分のマンションへと帰った。

1Kの部屋は半年前と何も変わらなかった。リビング兼寝室の奥の部屋には、平たい大きなクッションも置いたままだ。

テオドールがいつ戻ってきてもいいように寝床はそのままにしていた。時折洗濯をして干し、またベッドの真横という定位置に置く。朝、目が覚めたら獣型のテオドールがそこに寝ているかもしれない。そう思いながらテオドールがいない朝を何度も迎えた。

「あいつ……ヤリ逃げしやがって……」

ぽつりと呟き、律はベッドに横になった。

魔界に帰る前夜、律とテオドールは体を繋げた。このベッドで抱き合い、互いの唇を貪りながら激しく交わった。タマゴは産めないとわかっていても、テオドールは律を深く愛し、律もまたテオドールの濃厚な愛を体いっぱいに味わった。けれど、すぐに戻ると言って魔界へ帰っていったテオドールは、半年経っても戻ってこなかった。

半年は魔界ではいったいどれくらいの日数なのだろうか。もしかするとわずか数時間、いや、数分なのかもしれない。初めて会ったあの日、明日という約束をしたが次にテオドールが現れたのは十五年後だった。ならばすぐにと言った今回は何年後に会えるのだろう。

「せめて連絡くらいよこせよな……」

魔界との扉を開くあの絵画は、洋館に飾られたままだ。実家に赴くたびにあの絵画が渦を巻いて魔界と繋がらないかと待った。会えないならせめて手紙でもよこせと思ったが、どれだけ待っても魔界との扉は開かなかった。

魔界に帰る直前、テオドールから『伴侶の証』というネックレスも貰っている。それがもしかすると扉になるのかとも思ったが、この半年間何も起きることはなかった。

「テオドール……」

首から外したネックレスをテーブルに置き、律はそれを指で突っついた。黒い髪を、褐色の肌を思い出しながら律はテオドールの名を口にする。

まさか自分がこんなにも誰かを思う日が来るとは思いもしなかった。しかも相手は男で、おまけに魔界の住人だ。よりにもよって初めて好きになったのが人にあらざる者だなどと、あまりにも自分らしすぎて笑いすら込み上げる。

律の心も体もずっとテオドールを求め続けていた。我慢しきれずテオドールの名を呼びながら自慰をすることもある。あれだけ性的な興味が薄かった自分が、浅ましく勃ち上がる自分自身を慰めるなど信じられないくらいだった。

　今もそうだ。獣人型となったテオドールの引き締まった体を想像するだけで腹の奥がじわりと疼いてくる。

　ころりと寝返りを打った律は、そっと自分の下腹に手を伸ばした。ズボンのファスナーを下ろし、勃ち上がり始めた肉茎に触れる。テオドールがそうしたように先端を撫でると、ため息が漏れた。

「は……あぁ……」

　律――。

　耳元で囁かれたあの艶っぽい声を思い出しながら、律は性器をしごく。快感はあれど、あの夜の体が爆ぜてしまいそうな法悦の足元にも及ばない。それでも手を止められなかった。

「あ……ふ……」

　肉茎をしごきつつ、胸元に手を伸ばして硬く尖った突起を指で弾く。自分の手がテオドールの手であるかのような激しさで、律は自分自身を責め立てた。

「あ……、あっ……テオドール……、は……ぁ……」

　間もなく白濁が迸ったが、快感は一瞬だけでその後は自己嫌悪しか残らなかった。完全に冷め切った気持ちを持て余し、そのまま枕に突っ伏す。

「何やってんだろ、俺……」

どれだけ激しくしても物足りない快感がもどかしい。律の心と体が欲しいものはそれではないと訴えてくる。

「こんなのって……あんまりだろ……」

ぽつりと呟き、律は目を閉じた。鼻の奥がつんと痛くなり、目元が熱くなっていく。こんなことで泣ける自分が嫌になるし、腹も立つ。

「すぐに戻るって言ったくせに……こんなの酷いじゃないか……」

その晩、律は戻ってこない男の名を呼び続けた。心の中で何度も呼び続けた。

11

機械的な目覚まし時計の音が聞こえて目が覚めた。少し開いたままだったカーテンからは太陽の光が差し込んでいる。もぞりと寝返りを打った律は、顔の辺りに光が当たり目をすがめた。

「朝……か……」

昨晩、テオドールを思い出しながら自慰をした。そのせいで余計に寂しさを感じてしまい、柄にもなく泣いてそのまま寝てしまったらしい。泣いたせいで目元が腫れているような気がする。

普段より重く感じる体に鞭を打ちながらもぞりと起き上がった律は、いつもの癖でベッドの下に置いた平たいクッションに目を向けた。今日もやはり黒い大型犬の姿はない。

「だよな……」

起きたらついそこを見てしまう。毎朝もしかするとと思いながら半年が過ぎた。そして、今日も昨日と同じテオドールのいない朝が繰り返される。ただ、いつもの朝と違っていたのは不思議な夢を見たことだった。

どこだかわからない場所に黒いスーツ姿のテオドールがいた。そして、そのテオドールの隣で自分は黒っぽい子犬を抱いている。テオドールも自分も笑っていた。

あの子犬は十五年前のゴンタなのだろうか。それにしては、尻尾と耳の先が白かったような気がする。何より、人型のテオドールが横にいるのに、子犬のゴンタを律が抱いているのはどう考えてもおかしい。では、あの子犬はいったい――。

「変な夢……」

あくびをしつつ布団をめくった律は、そのまま眉根を寄せた。

両脚の間、ちょうど膝の辺りに何かが転がっている。

「何だこれ……？」

大きさはラグビーボールを少し小さくしたくらいだろうか。楕円形で白と黒のまだら模様のそれはどこからどう見てもタマゴの形をしていた。

「タマゴ……？」

形は間違いなくタマゴだった。しかも、その白い部分が微妙に光を帯びて脈動している。まるで呼吸しているかのようにそれが規則正しい間隔で淡い光を放つ様子は、何かのオブジェのようにも見えた。

こんな雑貨を買った覚えはないし、貰った覚えもない。ましてや、昨日の夜にはなかったものがなぜ自分のベッドの上に転がっているのだ。

律は恐る恐るそのタマゴ型の物体を指で突っついた。硬そうな殻は冷蔵庫に入っているタマゴと質感が似ている。違っているのは何となく温かいところだ。これは正真正銘、何かのタマゴだと思って間違いない。

「何かって……何の……?」

ぽつりと呟き、まさかと思った。

半年前、律はテオドールとセックスをした。初めての行為に翻弄されつつも与えられる快感に溺れ、かなり激しく体を繋げた。しかも何度もテオドールの精液を中に注ぎ込まれたのだ。

タマゴを宿すために律にはたっぷりと感じてもらわなければいけないとテオドールは言い、その言葉通り律は充分すぎるほど絶頂地獄を味わわされた。まさかと思うが、あの時にテオドールのタマゴを宿したということなのだろうか。そして、寝ている間にこれを産んでしまったのだとしたら――。

「嘘……だよな……」

あり得ない現実に頭が混乱した。

バルナバスの子である律は、半分だけ魔族の血を引いている。同じ魔族と体を繋げ、種を受け取ればもしかするとタマゴを宿すかもしれないが、その確率はほぼゼロだろうと勝手に思っていた。律のその思い込みを裏切るかのように、まだら模様のタマゴが足元に転がっている。

「マジか……？　テオドールとしたのって半年前だぞ……何で今頃……」

魔族のタマゴがいったい何日周期で生まれるのか律は知らない。この半年の間、律さえ気づかないうちにこのタマゴは腹の中ですくすくと育っていたということなのだろうか。

この事態にどう対処していいかわからないし、何よりどうやってこれを産んだのか考えたくもなかった。唯一考えられるタマゴの出口を想像しただけで気を失いそうになる。

「いや、この大きさは無理だろ。絶対無理」

律が考えている場所からとてもではないがこんな大きなものを排出できるとは思えない。ならばこのタマゴはいったいどこからやって来たというのだ。

布団の上で光を放っているタマゴをどうすればいいのか律は迷った。やはり温めるべきかと思い、とりあえず掛け布団で包む。先端だけひょっこりと顔を覗かせているまだら模様のタマゴを茫然と眺め、律はふと眉根を寄せた。

「ちょっと待てよ……これ、生まれてくるのって魔族だよな……」

仮に産んだのが律だとすると、産ませたのは間違いなくテオドールだ。テオドールの獣型は大型犬で、律は一応人間の男ではあるものの父のバルナバスの獣型もまた大型犬だ。どちらも動物系の魔族なのだが、だからといってタマゴから必ず犬っぽいものが孵《かえ》るとは限らない。

「とんでもないヤバイのが出てきたらどうしたらいいんだ……？」

律に何とかできる程度ならばいいが、もしそうでなければこの部屋が――いや、マンション自体が損害を被《こうむ》る可能性もある。

いっそ実家に運ぶべきだろうか。万が一律に対処できなくても、前魔王のバルナバスならば何とかできるかもしれない。そう思いつつも、バルナバスにタマゴのことを知られるのは気恥ずかしいものがあった。タマゴが生まれたということは、テオドールとそういうことをしましたと告白するようなものだ。母ならばまだしもあのバルナバスに何を言われるのかと思うと、とても実家に行く気にはなれない。

「どうすりゃいいんだ……」

一番頼りたいテオドールは戻ってこない。今にも孵化《ふか》してしまいそうなこのタマゴを、律一人でどうしろというのだ。

光を放つタマゴを前におろおろしていると、壁際に置いているテレビの電源がいきなり入った。タイマーのセットをした覚えもなく驚いてそちらに目を向ける。

ちょうど朝のニュース番組の時間なのだろう。いつもの気象予報士が今日の天気を説明していた。今日は一日快晴で洗濯日和らしい。洗濯指数は五段階中の五だと言っていた気象予報士の顔が、突然ぐにゃりと歪んだ。次の瞬間、画面が切り替わる。

映し出されたのは、見覚えのあるいびつな形をした城だった。黒く、どこか不気味な雰囲気の城がゆっくり渦を巻き始める。

「え……？」

気象予報士やニュースキャスターの声が途切れ途切れになり、砂嵐のような音が聞こえてきた。画面がぐるぐると黒く渦を巻き、城の形が消えると同時に画面の中央からぬっと手が突き出した。

「うわあっ！　わっ……、な……何っ？　何っ？」

とっさに後ずさりをすると、画面から突き出てきた手がテレビの縁をがっしりと掴んだ。

随分前にやたらと宣伝していたホラー映画にこういう描写があった気がする。確か、井戸から白い服の少女が這い出てくる内容ではなかったか。

祓魔師とはいえ、最初から怖がらせる前提で作られているホラー映画は苦手だった。それ以前に魔族は祓うが怨霊や幽霊の類いは律の守備範囲外だ。

そうこうしている間にも、画面からもう片方の手も伸びてくる。何かを掴もうとするその動きに、律は部屋の一番隅まで飛び退いた。

「さっ……さだっ……、貞――」

「律――」

叫ぶ直前に耳に届いた艶っぽい声に、律はそのまま口をぽかんと開けた。

画面中央から突き出していた両手がテレビの縁を掴む。やがて画面からぬっと顔を出したのは白い服の少女ではなく、黒いスーツを着た男だった。テレビの縁を手で掴み、「狭い」と文句を言いながら画面から這い出してくる。

「嘘……」

信じられない光景に律は茫然とした。

ずっと会いたいと思っていた。一緒に過ごしたのは二カ月足らずだった。たったそれだけしかいなかった男をこの半年想い続けた。すぐに戻るという言葉を信じて待ち続けたのだ。

その男がテレビの画面から這い出ようとしている。

「ここに扉を開けたが少し狭すぎた」

何とかテレビの画面から抜けだしたテオドールが、ふうっと息をつきながら乱れた髪と服を整えている。その様子を律は言葉もなく見つめた。

何を言っていいのか言葉が出てこない。嬉しさよりも驚きで頭の中が真っ白になった。

無言のまま部屋の隅で座り込んでいると、近づいてきたテオドールが律の前に膝をついた。

「どうしたのだ、律。そんな呆けた顔をして」

何度も見たあの男っぽい笑みを向けられ、涙が出そうになった。頬に触れた指の感触にさえ心が躍る。

「テオドール……」

「どうした、律」

「テオドール……テオドール――！」

思わず抱きつくとテオドールが背を抱きつつ苦笑した。

「どうしたのだ、律。何かあったのか？」

何もない。テオドールが去ってからは何もなかった。

夜の散歩にも行かなくなった。戻るかもしれないテオドールのためにしばらく買い続けていたコッペパンも買わなくなった。新しく出たコンビニスイーツも今は一つしか買っていない。ただいまと言っても駆け寄ってくるものもいない。暗い部屋の明かりをつけ、一人で食事をして一人で眠り、一人で朝を迎える。テオドールと出会う前までは当たり前だった生活が戻ってきただけだ。

だから何もないのだ。何も――。

「遅いっ……」

叫んだ律は、テオドールをきっと見上げた。

「待ってたんだぞ。すぐに戻るっていうから、待ってたんだ……ずっと――」

「怒るな、律。これでも急いで戻ってきたのだ」

笑みを浮かべたまま口づけられ、涙が出そうになる。テオドールに泣き顔を見られたくなくて、そのまま貪るように唇を合わせた。

久しぶりに味わう力強い抱擁と濃厚な口づけに心が満たされていく。やがて軽く音を立てて唇が離れ、律はほっと息をついた。これは夢ではない。テオドールが目の前にいる。以前と全く変わりない姿で、律の背を抱いている。

改めてテオドールに目を向けると、相変わらず首に真っ赤な首輪が嵌まっていた。

「その首輪、まだ着けてたのか……」

「愛の証を外せるわけがないだろう」

きっぱりと言い切ったテオドールに呆れると同時に嬉しさも感じる。

「あっちでもずっと着けっぱなしにしてたのか？」

「当たり前だ。しかもこれはなかなか役に立つ。伴侶からの贈り物だと言うと、誰も言い寄ってこなくなるからな」

「言い寄ってくる？」

聞き捨てならない言葉を耳にし、律は眉根を寄せた。

「それってどういうことだ？　言い寄ってくるって、まさか誘われるのか？　その……他の誰かとセックスしたとか――」

「繁殖期の魔王のタマゴを産みたがる者は多いからな。誘ってくる者もいる。だがこれの贈り主が私の伴侶で、しかもあのバルナバスの子だと知ると皆恐れをなして近寄ってこなくなる。バルナバスは嫌いだがこういう場合は役に立つから便利だ」

バルナバスをまるで虫除けのように言い、テオドールは律の手を取った。

「私の伴侶はおまえひとりと決めている。他の誰とも交わったりしていないから安心するといい。たとえおまえがタマゴを産めなくてもそれは変わりない」

タマゴと言われてはたと思い出した。そうだ、タマゴのことがあったのだ。

「あのさ、そのタマゴなんだけど……」

首を傾げたテオドールを手招きし、律は丸めた掛け布団をめくった。

「これ、今朝目が覚めたらベッドに転がってたんだけどさ……」

布団の上に転がっているものを目にしたテオドールが息を呑んだ。なぜか先ほどよりも強い光を放ち始めたそれを驚愕の眼差しで見ている。

「律、これはもしや私のタマゴか？」

振り返りざまに尋ねられ、返事に迷った。

「まあ、タマゴって言えば確かにタマゴなんだけど……よくわかんないっていうか、その……朝起きたらここに転がっててそれで……」

「私のタマゴを産んでくれたのか、律」

「産んだ覚えなんかないよ。でも、朝起きたらここにあって――」

「ならば産んだということだろう。そうか、律。私のタマゴを産んでくれたのか！」

興奮ぎみのテオドールに抱き締められ、慌てて胸を押し返した。

「いや、だから産んでないってっ！　産んでないけど転がってたんだよっ。で、どうすればいいのかわかんなくて――」

「タマゴは無理かと諦めていたが、そうか、産んでくれたのか。おまえが私のタマゴを――」

勝手に納得し、喜び、感慨に耽っているテオドールをうんざりと見やり、律はもう一度タマゴにちらりと目を向けた。

「あのさ、喜んでいるところ申し訳ないんだけど、俺の話聞いてる？　このタマゴ、どうしたらいいんだ？」

律がこれを産んだかどうかはさておき、温めればいいのか放っておいていいのか、せめてそれくらいの指示は欲しい。

「温めるんだったら使い捨てカイロを買ってくるし――」

「律、タマゴは一つか？　一つだけだったのか？」

「一つに決まってんだろ。こんなもん何個もあってたまるか」

「まだ産まれそうな気配はないか？　あといくつか――」

「そんな気配なんかあるわけないだろっ！　ていうか、ちょっと黙れっ！　俺の話を聞け！」

全く話を聞かないテオドールの頭を張り倒し、律は光を放っているタマゴを指さした。

「さっきからこれをどうするんだって聞いてるんだよっ。このまま放っておいていいのかっ？」

「魔族のタマゴは一日もあれば孵化する。温めたりしなくてもその辺りに転がしておけばそのうち孵るから放っておけばいい」

思いがけず頭を張り倒されたテオドールがきょとんとしながらそう言った。

「放っておけって……めちゃくちゃ適当だな……」

転がしておけと言われても、何かの拍子に踏み潰しでもしたら目も当てられない。どこに置こうか迷った末、畳んでおいたネット通販の段ボール箱を組み立ててバスタオルを敷いた律は、そこにタマゴを載せた。テオドールが這い出てきたテレビの前に箱を置き、その場に座り込む。

放っておいていいと言われても光を放ち脈動しているタマゴの存在はやはり気になる。何だかんだ言ってもテオドールも気になるらしく、律の隣でタマゴをじっと眺めている。

「なあ、これってやっぱり犬が生まれるのか?」

尋ねると、テオドールが呆れ顔で肩をすくめた。

「犬ではない。魔族だ。私の子ならば獣型は同じ形になる」

「何だ、じゃあ犬じゃん」

「だから犬ではないと――」

「昔のおまえみたいに黒い犬かな。子犬の時のおまえってかわいかったんだよな」

犬ではないというテオドールの抗議を無視し、律はタマゴにそっと触れた。最初こそ驚いたものの、慣れてくればタマゴが愛しく思えてくるから不思議だった。生まれてくるのが獣型、しかも犬っぽいようだと知ると、少しばかり楽しみにもなってくる。ただ、自分がこれを産んだという事実だけはどうしても受け入れがたいが――。

「律。勘違いしているようだが、あの時の私は幼体ではないぞ。あれは弱っていた魔力の消費を抑えるためにあの形になっていただけだ」

「だったら今も子犬の形でいればいいだろ。その方がかわいいし」

大型犬になったテオドールはかっこいいし好きだけれど、子犬のかわいさは別次元だ。それが自分の側で駆け回っていると思うと顔がにやけてくる。

「馬鹿なことを言うな。幼体の形を取っていればおまえと交われないではないか」

「は？」

驚いて顔を上げると、テオドールと目が合った。魔族特有の黄金色の瞳が、いつの間にかより深い金色に変わっている。見覚えのあるその色は、テオドールが魔界に戻る前夜に見た色だ。深く体を繋げたあの夜、テオドールの瞳は今と同じ輝きを放っていた。

「テ……テオドール？」

「私の繁殖期はまだ終わっていないぞ、律」

テオドールの唇がゆっくりと笑みの形に吊り上がった。肉食獣のような鋭い犬歯がそこからちらりと見える。黒いスーツ姿が光彩を放ったと思った次の瞬間、テオドールの体が変化した。

黒い鬣のような髪と、こめかみのやや上に生えている黒い毛に覆われた耳。半獣人となったテオドールが、ずいと近づいてくる。

「おまえがタマゴを産めるとわかったのは何よりの朗報だ。急いでこちらに戻ってきたかいがあったというものだ」

「って言われても、そのタマゴだって俺が産んだかどうかわかんないし……」

「心配するな、律。これは紛れもなく私とおまえのタマゴだ。タマゴが親である私とおまえの気に反応しているから間違いない」

言われてみれば確かにテオドールが現れてからタマゴの光り方が朝よりも激しくなっている気がする。だが――。

「あ……あれから半年だぞ？　腹に違和感もなかったし、だいたいこんなのがいきなり出てくるわけが……」

「おまえの魔族の血は半分だけだからタマゴが生まれるまで時間がかかっただけだろう。それに魔族のタマゴは人間のように生まれてくるわけではないからそこは安心しろ」

「じゃあどうやって生まれて……」

タマゴの出現方法を聞く前にぐいと腰を引き寄せられ、律は顔を引き攣らせた。

「お……おい……」

「魔王の血を引く魔族は多い方がいい。おまえは一度に一つしかタマゴを産めないようだし、繁殖期の間は私もまめにこちらに来ることにする。ぜひともたくさんタマゴを産んでくれ」

タマゴを産めと言われ、思わずテオドールの下腹に目を向けた。引き締まった腹のやや下で、人とは違う形の性器が布を押し上げて天を衝くように勃ち上がっている。

「ちょ……まだ朝だぞ……」

「だからどうしたのだ。繁殖期のうちにとっとと交わっておかねば次のタマゴが生まれないではないか」

「そ……それいつまでだよっ……いつまで繁殖期なんだ……？」

「人間の時間で言うと――そうだな、だいたい二百年だな」

「馬鹿野郎！　そういうのは万年繁殖期っていうんだっ！」

とっさに逃げようとすると、がっちりと足を摑まれた。

「うわあっ！」

そのままずるずると引きずり寄せられ、その場に押さえ込まれる。正面からのしかかられた拍子に、太腿にテオドールの肉茎が当たった。布越しだというのに、その硬さが伝わってくる。

「ば……馬鹿っ、放せっ！　朝っぱらからそんなのおっ勃てるなっ」

拒絶の言葉を口にしつつも、それに与えられた快楽を思い出して体が一気に熱くなった。昨夜、自慰をしたばかりだというのに、律のものが形を変えて硬くなっていく。そんな律の体の変化に気づいたテオドールが笑みをより深くした。

「そうか、おまえも私が欲しいと思っているのか」

「お……思ってないっ、思ってないから放せっ！」

「照れるな、律」

そう言ったテオドールの尻の辺りにふさふさとした黒いものが見える。パタパタと左右に揺れるそれは、紛れもなく尻尾だった。確か興奮しすぎると人型も獣人型も保てなくなると言っていなかったか。行為の真っ最中に完全に獣型になってしまうこともあると――。

今まさにテオドールは律との行為を前に興奮している。耳が大きくなり、鋭い犬歯が伸び、尻尾が生え、そして――。

人とは少し違う形をしたテオドールの肉茎がぐんと反り返る。

「励もうぞ、律――」

今にも真っ黒な大型犬に変化しそうなテオドールを茫然と見上げ、律は顔を引き攣らせた。

冗談ではない。獣型のテオドールと――犬と励んでたまるか――！

「は……放せっ……っていうか、帰れっ、もういいから魔界に帰れっ！　ゴンタ、ハウス！　ハウスッ――！」

洗濯指数が五段階中五の晴れ渡った初夏の空に、律の哀れな叫び声がむなしく響き渡る。それはやがて喘ぎ声となり、嬌声へと変わっていった。

甘い声が部屋に響く中、二人が絡み合うすぐ横で段ボール箱に入れられたタマゴがより強い光を放ち初めている。

まだら模様の殻に小さくヒビが入り始めたことに律は気づいていない。そして、自分自身のこめかみの辺りから髪と同じ色の毛が生えた耳が伸びようとしていることにも——。

エピローグ

晴れ渡る空の下、白いベンチに座っていた律は青々と茂る芝生に目を向けた。

半年前までここは雑草に覆われていた。枯れた低木がそこかしこに放置され、かつてはきれいな花を咲かせていただろうローズアーチも、つるが複雑に絡まったまま錆び付いていた。

今にも朽ちてしまいそうな幽霊屋敷。それが幼い頃からのこの洋館の印象だった。

だが、今は違う。雑草はきれいに刈り取られ、錆びたアーチも取り替えられた。新たに植えられた薔薇のつるが伸びるまでもう少し時間がかかるだろうが、数年もすれば美しいイングリッシュガーデンになるだろう。

手入れされたのは庭だけではなかった。どこかしらどんよりとくすんでいた洋館も、今はすっかり元の鮮やかな色を取り戻している。退色し崩れかけていた赤い屋根瓦も葺《ふ》き替えられ、錆び付いて動かなかった風見鶏はきれいに磨かれて再び屋根の上に飾られた。朽ち果てていた門扉にも新たな錬鉄のそれが取り付けられている。

幽霊屋敷から見事な欧風の洋館に様変わりした建物を見上げた律は、うんと伸びをした。

「変われば変わるもんだなぁ……」

あれほどおどろおどろしい雰囲気を醸し出していた洋館がここまで生まれ変わるとは、正直思いもしなかった。それもこれも、母の恵麻が改修後もせっせとＤＩＹやガーデニングに励んでいるからだろう。

律にとって実家となったこの洋館には、恵麻とこちらの世界に完全に居着いてしまったバルナバスが暮らしている。最初は辞退していたものの、結局律もマンションを引き払ってこの洋館に移り住むことになった。

一人暮らしに慣れた律には、実家は自分がいるべき場所ではないという思いがあった。それ以上に、バルナバスと一緒に暮らすのは御免被りたいという気持ち大きかったからだ。

実の親子だと互いに知らなかったこととはいえ、バルナバスに嬲り殺しにされかけたのは律の中で思いのほかトラウマになっている。バルナバスに植え付けられた恐怖は、魔物に対峙する際の祓魔師としての心構えを改めて知らしめられた気分だった。さすがに今はもうバルナバスを恐ろしいとは思わないが、慣れてくれれば今度は別の問題が浮上した。

バルナバスはテオドールとはまた別の意味で話が通じない変人なのだ。

母の恵麻もかなりずれた感覚の持ち主なのだが、あの妻にしてこの夫ありとでも言うのか、とにかくバルナバスの側にいると精神衛生上大変よろしくない。赤の他人ならまだしも、それが実の父ならばなおさらだ。そして、それにさらに拍車をかけているのがテオドールの存在だった。

かつて魔王の座を争ったせいもあり、テオドールとバルナバスはすこぶる仲が悪い。さすがに殺し合うようなことはないが、顔を合わせれば厭みの応酬を繰り返し、互いを威嚇し合うのだ。

テオドールとバルナバスはできるだけ離れた場所にいた方がいい。だから同居はできないと思っていたのだが、そうも言っていられない事情ができてしまった。

「バルナバスめ。またユーリウスを独り占めしているぞ」

黒いスーツに身を包んだテオドールが、律の隣で不満げにそうぼやく。ふてくされた様子で脚を組んで座るテオドールをちらりと見やり、律はそのまま芝生が敷かれた庭に目を向けた。

テオドールの視線の先では、小さな子どもが白い大型犬と戯れている。黒い髪に褐色の肌、テオドールをそのまま小さくしたような子どもは、大型犬の首に巻かれた赤いリボンを引っ張ってはしゃいでいた。

『こらこら、ユーリウス、それを引っ張ってはいかん』

「ばるばる、ゆーりにこれちょうだい」

『ばるばる』と呼ばれた白い大型犬は言うまでもなく獣型のバルナバスだった。子どもに腹を見せて芝生に転がる様子は、どこからどう見てもただの犬だ。

あれがかつて魔界を統べていた冷酷無情な魔王だなどとにわかには信じがたい。殺意を剝き出しにして律に牙を剝いたあのバルナバスが、完全に子どもをあやす飼い犬に成り果てている。

「意外にジジ馬鹿だったんだな、バルナバスって」

「あやつは繁殖期が終わっているからな。久しぶりに見る幼体が珍しいのだろう」

小馬鹿にしたような口調でそう言ったテオドールに「なるほど」と頷き、律はユーリウスと呼ばれた子どもをまじまじと眺めた。

「それにしてもさぁ、もうあんなに大きくなっちゃうって何の冗談だよ……」

あり得ないとばかりに呟き、小さくため息をつく。

テオドールが魔界から戻った日、律はタマゴを産んだ。とはいえ、産んだ記憶もなければ実感もない。朝起きたら白と黒のまだら模様のタマゴが布団に転がっていたのだ。

その辺りに転がしておけば孵化するとテオドールが言っていたとおり、タマゴはその日のうちにヒビが入った。殻を破って出てきたのは耳と尻尾の先が白い子犬だった。

夢で見たものとそっくりの子犬に驚きつつも、生まれたばかりのそれをどうしていいのか律にはさっぱりわからなかった。おろおろしていると、何と子犬はわずか数分で自分の脚で立ち上がり、一時間後には部屋を駆け回るほどの早さで成長を始めたのだ。

タマゴから孵った我が子にテオドールはユーリウスと名付けた。その下にも何やら長ったらしい名前がくっついていたのだが、あまりに長い上に複雑な発音すぎて律にはとても覚えきれない。簡単に知られてはいけない真名が長いのは理解できるものの、結局、律はユーリウスをフルネームで呼ぶことはなく『ユーリ』と略して呼ぶことにした。

そして、孵化から一カ月。そのユーリウスは幼稚園児程度の人型に変化するまでに育っていた。

「ユーリがタマゴから孵ったのってたったの一カ月前だぞ。魔族って一カ月であんなに大きくなっちゃうのか？」

「ユーリウスはおまえよりも魔族の血が濃い。これでもまだ遅い方だ」

「遅い方？　これで？」

たった一カ月でここまで大きくなって遅いのならば、本来はどれだけの早さで大人になるのだ。

「通常なら魔族は数日で成体になる。ユーリウスは人間の血が四分の一入っているから、成長に時間がかかっているのだろう」

「時間がかかるって、どれくらい？」

「そうだな、遅くとも半年もすれば成体になるはずだ」

「半年？　たったの半年？」

思わず問い返すとテオドールが神妙な面持ちで頷いた。

「魔界では弱い者から淘汰される。幼体の期間が長ければ長いほど生き残れる率が下がる。だから強い魔族ほど成長が早い」

「なるほどね……」

魔族には魔族の事情があるのだろう。とはいえ、あのかわいいユーリウスがあと半年で大人になってしまうのかと思うと、何やら複雑な気分になってくる。

「ユーリ」

呼びかけると、ユーリウスが解き取ったバルナバスのリボンを手にしたまま振り返った。

「りつー、ておー」

赤いリボンを手にしたユーリウスが、律とテオドールの名をたどたどしく呼びながら駆け寄ってくる。そのユーリウスの頭の上にふいに大きな耳がぴんと立ち上がった。

「あっ……」

一瞬で髪と同じ黒い毛に覆われた耳を、ユーリウスが慌てて両手で押さえる。

「あ、だめっ……みみ、でちゃうっ」

耳どころではない。尻の辺りにはふさふさとした尻尾まで生えている。慌ててそれを隠そうとする様子があまりにもかわいらしく、律は思わずぷっと噴き出した。

「りつー……みみとしっぽ、でちゃった……」

「いいよ。ここだと誰も見てないから」

耳を押さえながらやってきたユーリウスを抱き上げ、律はテオドールを振り返った。

「なあ、テオドール。ユーリの形状っていつくらいに安定するんだ?」

「いずれ自分で制御できるようになるが、今はまだ無理だろうな。不安定な時期はいきなり獣型になったり獣人型になったりする」

「そっか。じゃあ、しばらくはここで遊ばせるのが一番ってことか」

「そうだな」

この洋館に住まざるを得ない理由。それはユーリウスの存在だった。

成長が早い上に、遊んでいて興奮すると獣型に変化してしまう。人型でいても褐色の肌に黄金色の瞳という外見が人目を引いて仕方がない。普通の子どものように近くの公園で遊ばせてやりたいが、万が一にも人前で獣型に変化してしまったらそれこそ目も当てられない。

「ユーリウスだけではないぞ。おまえもだ、律」

おまえもと言われ、律はばつが悪そうに頭を掻いた。

「いや、俺の場合はその……」

「私と交わっている最中に獣人化しそうになっていたではないか」

そうなのだ。

テオドールが戻ってきたあの日、ちょうどユーリウスがタマゴから孵る少し前に律はテオドールと体を繋げた。半年ぶりに味わう快感にかなり酔いしれて興奮してしまったのは自分でも認める。だが、まさか自分にも獣の耳が生えてくるとは思いもしなかった。

「何で今さら生えるかなぁ……」

「おまえはバルナバスの子だからな。半分は魔族の血が流れているという証拠だ。ただ単に獣化が遅かっただけだろう」

「でもさぁ……」

不幸中の幸いと言っていいのか、律に犬のような耳が生えるのはテオドールとの行為の最中だけだ。今のところそれ以外の時は獣化せず、しかも獣化するのは耳だけで尻尾や牙が生えてくる気配はない。ただし、このまま獣化が止まるという保証はどこにもなかった。

「俺もいつか完全に獣型になったりするのかな……」

ユーリウスのように自分の形状を制御できず、いきなり獣型や獣人型になってしまったらこちらで生きていけなくなってしまうだろう。

「時間がかかるかもしれないが、いずれはそうなるかもしれない。それに――」

「それに？」

「おまえも半分魔族ならばおそらく通常の人間よりも寿命が長いだろう。むろんユーリウスもだ。いつかこちらの世界では暮らせなくなる日がやってくる」

「そう……だよな……」

周囲の人間と同じように年を取ることができなくなる。そうなった時、この世界でどうやって暮らしていけばいいのだろうか。

「こちらで生き辛くなったら私と魔界に来ればいい」

さらりとその言葉を口にされ、律は目をしばたたいた。

「え……」

「おまえさえよければ私とあちらで暮らせばいい。私とてバルナバスがいるここは居心地が悪い。ユーリウスのために不本意だが仕方なく――」

『文句があるならおまえだけとっとと魔界へ帰ればよかろう』

テオドールに最後まで言わせず、近づいてきた白い大型犬がそう言って唸り声を上げた。

『我はおまえにここに留まれなどと一言も言っておらん。それとも何か、役立たずの魔王はいても邪魔だから人間界で遊んでこいとでも言われているのか』

先ほどまでユーリウスと戯れていたバルナバスが厭み満載で威嚇してくる。獣型のままのバルナバスを鬱陶しげに睥睨し、テオドールは脚を組み直して口角を上げた。

「誰かと思えばバルナバスか。あまりに犬そのものすぎてここで飼われている番犬かと思ったぞ」

『そう言うおまえこそ赤い首輪がよく似合っているではないか。何なら紐で繋いで我が散歩に連れて行ってやろうか。近くの公園にドッグランなるものがあるらしいから近所の犬と一緒に走ってくるがいいぞ』

バルナバスが揶揄した途端にテオドールのこめかみに青筋が立つ。同時に、頭に黒い耳がぴょこんと生えた。

「貴様こそ獣型でいるのが随分と気に入っているようではないか、バルナバス。そんなに獣型がいいならケルベロスの代わりに番犬にでもなるか？　そこの門の前に犬小屋を建ててやるぞ」

『小屋にはおまえが入っていろ、テオドール。ああ、そうか。弱い犬ほどよく吠えると言うな。おまえのように無駄に吠えたてる阿呆犬ならば番犬にもならんか』

「何だと……」

立て続けに挑発されてとうとう怒りが頂点に達したらしい。一瞬で獣型に形状を変えたテオドールがバルナバスに牙を剝いた。むろんバルナバスがそれに黙っているわけもなく、鼻に皺を寄せてテオドールを威嚇する。

『今の言葉、聞き捨てならんぞ、老害』

『我は本当のことを言っただけだ。やるならかかってこい、青二才』

おおよそ魔王らしからぬ子どもじみた口喧嘩の果てに睨み合う二匹の大型犬を、律はうんざりした面持ちで見やった。

「こいつら、またかよ……」

顔を合わせるたびにこうして威嚇し合うのだが、よくもこれだけ厭みのバリエーションがあるものだといっそ感心する。二人ともこういうところだけは口が立つから始末に負えない。それよりも困るのが、二人がいがみ合うと闇の気が増幅してしまうことだった。

たとえ殺し合うまではいかなくても、魔王二人が暴れるとどうしても屋敷を覆っている気が歪む。その気が歪めば、魔界との扉に隙間ができてしまうのだ。

ここから一番近い魔界への扉は書斎にあるあの絵だ。元はバルナバスが開いた扉だが、今はテオドールもあの絵を扉にして魔界と人間界を行き来している。そこにわずかでも隙間ができれば、有象無象の魔物がどうしてもこちらに流れ込んできてしまうのだ。

最近この街でやたらと怪異な現象が起きるのは、おそらく――いや、絶対にこの二人が原因になっているとしか思えない。祓魔師の律としては迷惑この上ない話だ。

「ったく……困ったワンワンだよなぁ、ユーリ」

「わんわん、こまったね」

意味もわからず同じ言葉を繰り返すユーリウスに笑いかけ、律はその場にしゃがんだ。

「ユーリ、それ、結んであげようか」

小さな手に握り締めているのはバルナバスから解き取った赤いリボンタイだった。それをユーリウスのシャツの襟元に結んでやる。

「ユーリはテオドールに似てるから、赤が似合うな」

「ゆーりはておといっしょ？」

「うん、よく似てる。きっといい男になるよ、ユーリは」

いい男になり、そしていつかバルナバスやテオドールのように魔界を統べる王になるのかもしれない。

零れるような笑みを浮かべたユーリウスに頷きかけ、律は屋敷を振り返った。

芝生の庭を囲うように石畳の小径があり、その突き当たりには小さなローズアーチがある。ちょうど恵麻がそのローズアーチをくぐろうとしていた。

「そろそろお昼ご飯にしましょうか」

大きな籐籠を持った恵麻がこちらに向かって手を振っている。そういえば先ほどからパンが焼けるいい匂いがしていた。きっとあの籠の中には二人の魔王、そしてユーリウスの好物であるコッペパンが山ほど入っているに違いない。

恵麻の『昼ご飯』という声に反応したらしく、テオドールと睨み合っていたバルナバスがローズアーチに向かって一目散に駆け出した。

『逃げるのか、バルナバス！』

『馬鹿め、恵麻のパンが先に決まっておろう！　おまえとの決着は後だ』

とっとと自分だけ人型に戻ったバルナバスの背を茫然と見送り、テオドールは律とユーリウスを呆れ顔で振り返った。

『全く相変わらず勝手なやつだ』

うんざりと呟いたテオドールの体が光彩に包まれる。真っ黒な大型犬から一瞬で人型に変化したテオドールにユーリウスが駆け寄った。

「ておー」

走ってきたユーリウスを抱き上げ、テオドールが相好を崩す。

めったに見せることのない笑顔を我が子に向けるテオドールの様子に、律は心の中がふわりと温かくなったような気がした。魔王もこうして笑うのかと思うと、何やら不思議な感じもする。

「ユーリウスは随分と重くなったな」

「だろ？　半年どころかあと数ヵ月で大人になっちゃいそうだよ」

この分だと魔界に行かなければならなくなる日もそう遠くないだろう。

「どうだ、ユーリウス。私と一緒に魔界に来るか？」

ぴくりと動いた黒い耳を撫でつつ、テオドールが尋ねる。

「まかい？　りつも？」

「ああ、もちろん律も一緒だ」

そう言ったテオドールにユーリウスが「うん」と首を縦に振った。

おそらく——いや、きっとユーリウスはそこがどこなのかわかっていない。むろん律も魔界がどういう場所なのか見当も付かなかった。

魔界は闇に閉ざされた恐ろしい場所かもしれない。それでも、テオドールが一緒ならばかまわないと律は思った。

テオドールとユーリウス、そして自分。この世界で生きづらくなる日が来れば、三人で魔界に行けばいい。愛しい者たちが一緒にいるのならば孤独ではない。そこがどんな場所であろうとも、きっと自分は生きていける。

「さてと。お昼ご飯ができたみたいだし、俺たちも行くか」

「ゆーりもおひるいくー」

そう言ってテオドールの腕から抜けだしたユーリウスの襟元で、赤いリボンタイが揺れている。赤い首輪は魔王の証であると言わんばかりのそれに目を細め、律はユーリウスの手を取った。

「行こうか」

黒い尻尾を揺らして歩く我が子の手を引きながら、テオドールと並んでローズアーチをくぐる。

そこには淡いオレンジ色の薔薇が美しい花を咲かせていた。

あとがき

痛いを封印した甘い方の井上《いのうえ》です、こんにちは。

このたびは拙作をお手に取ってくださいましてありがとうございます。

クロスノベルスさんから三冊目になりました。今回はモフモフ耳系です。

以前からぼんやりと頭の中にあった「私のタマゴを産んでくれ」という攻めの台詞、ようやく言わせることができました。当初はタマゴなので鳥系攻めの予定だったのですが、プロット段階で犬（狼）になっていました。

今回はちょっとラノベ風味でもありまして、そこもお楽しみいただければと思います。

イラストは前作と同じくれの子《こ》先生が描いてくださいました。攻めの姿が三パターンもある面倒くさい内容で申し訳なく思っていたんですね。で、キャララフを頂いたらその攻めがやたらとがっつり描き込まれていまして。

「犬がお好きなのか、耳付き獣人がお好きなのか、それとも首輪？　もしかして首輪なのかっ？」

と、攻めの何がれの子先生の琴線に触れたのか、今回も素敵なイラストをいただきました。口絵のチビちゃんがあまりにもかわいらしくて、本当にこんなシーン書いたっけと思わず自分の原稿を読み直しました。しっかり書きまくっていました。

そういえば、獣型になっている攻めのシーンが書いていて楽しかったんですね。で、初稿を出したら担当さんに「このままだと挿絵の半分以上が犬になります！」と言われて慌てて攻めの人型シーンを増やしました。さすがに挿絵の半分以上が犬はないだろうと……。

魔王と耳とタマゴというわけのわからないプロットにGOサインを出してくださいました担当様、編集部の皆様、関係者の皆様、ありがとうございました。

そして、この本を読んでくださいました皆様にお礼を申し上げます。

魔王の攻めさんはスパダリ要素満載のはずなんですが、そこは井上の書く攻めなので残念感溢れるぽんちょこな男に仕上がっています。孤独な少年期を過ごした受けさんだけれど、決して弱くはありません。全力で攻めにツッコミを入れる男です。

ぷっと笑えて心も和む、今回はそんな内容を目指しました。感想などいただけると嬉しく思います。

また新しいお話をお届けできる日が来ることを願いつつ。

CROSS NOVELS をお買い上げいただき
ありがとうございます。
この本を読んだご意見・ご感想をお寄せください。

〒110-8625
東京都台東区東上野 2-8-7　笠倉出版社
CROSS NOVELS 編集部
「井上ハルヲ先生」係／「れの子先生」係

CROSS NOVELS

狼耳の魔王に求愛されています

著者
井上ハルヲ

2019 年 10 月 23 日　初版発行　検印廃止

発行者　笠倉伸夫
発行所　株式会社　笠倉出版社
〒110-8625　東京都台東区東上野 2-8-7　笠倉ビル
［営業］　TEL　0120-984-164
FAX　03-4355-1109
［編集］　TEL　03-4355-1103
FAX　03-5846-3493
http://www.kasakura.co.jp/
振替口座　00130-9-75686
印刷　株式会社　光邦
装丁　Plumage Design Office

ISBN 978-4-7730-6002-7
Printed in Japan